Guide
du loser amoureux

Du même auteur

Comment sortir une Latina, une Black, une blonde ou une métisse, Plon, « Feux Croisés », 1998 ; publié en poche sous le titre *Los Boys*, 10-18, 2000.

La Brève et Merveilleuse Vie d'Oscar Wao, Plon, « Feux Croisés », 2009 ; 10-18, 2010.

Junot Díaz

Guide
du loser amoureux

nouvelles

*Traduit de l'anglais (États-Unis)
par Stéphane Roques*

FEUX CROISÉS
PLON

Titre original
This Is How You Lose Her

Collection Feux Croisés

Ce livre est publié
sous la direction éditoriale
d'Ivan Nabokov

Remerciements pour la reproduction d'un extrait de *My Wicked Wicked Ways*, traduit par Stéphane Roques. Copyright © 1987 by Sandra Cisneros, publié par Third Woman Press et, en édition reliée, par Alfred A. Knopf. Avec la permission de Third Woman Press, de Susan Bergholz Literary Services, New York, et de Lamy, Nouveau-Mexique. Tous droits réservés.

Les nouvelles suivantes ont été publiées une première fois, avec des différences mineures, dans *The New Yorker* : « Le soleil, la lune, les étoiles », « *Otravida, otravez* », « Le principe Pura », « Alma » et « Nilda » ; dans *Glimmer Train* : « *Invierno* » ; et dans *Story* : « *Flaca* ».

© Junot Díaz, 2012
All rights reserved. Published by the Penguin Group
ISBN édition originale : Penguin Books Ltd, Londres, 978-1-59448-736-1
© Plon, 2013, pour la traduction française
ISBN Plon : 978-2-259-21931-0
www.plon.fr

Pour Marilyn Ducksworth et Mih-Ho Cha
en hommage à votre amitié, votre force et votre grâce

C'est vrai, ça n'a pas marché nous deux, et tous les souvenirs, si tu veux savoir, ne sont pas bons.
Mais par moments, il y eut de bons moments.
Quand on faisait l'amour, c'était bon. J'aimais ton sommeil en chien de fusil près de moi et la peur n'entrait jamais dans mes rêves.

Il devrait y avoir une médaille pour les grandes guerres comme la nôtre.

Sandra Cisneros

LE SOLEIL, LA LUNE, LES ÉTOILES

Je suis pas un sale type. Je sais l'impression que ça donne, celle d'un mec sur la défensive et sans scrupules, mais c'est vrai. Je suis comme tout le monde : faible et plein de défauts, mais avec un bon fond. Magdalena, elle, n'est pas de cet avis. Elle me considère comme l'archétype du Dominicain : un *sucio*, un enfoiré. Vous savez, il y a plusieurs mois, quand Magda était encore ma nana, quand je n'étais pas obligé de surveiller le moindre de mes gestes, je l'ai trompée avec une fille qui se coiffait façon doigts dans la prise, comme dans les années quatre-vingt. Ça non plus, j'en ai pas parlé à Magda. Vous savez ce que c'est. Un os pareil, il vaut mieux l'enterrer au fond du jardin de sa vie. Magda ne l'a appris que parce qu'une de ses copines lui a écrit une putain de lettre. Et dans la lettre, y avait des détails. Le genre de trucs que même bourré on raconte pas à ses potes.

L'ennui, c'est que cette histoire particulièrement stupide était finie depuis des mois. Entre Magda et moi, ça allait mieux. On n'était plus aussi distants que l'hiver précédent, quand je la trompais. C'était le dégel. Elle passait chez moi et au lieu de traîner avec mes abrutis de potes – avec qui je fumais et avec qui elle s'ennuyait comme un rat mort – on allait au ciné. On prenait la voiture pour aller manger au restau. On a même vu une pièce au Crossroads, et je

Guide du loser amoureux

l'ai prise en photo avec des auteurs noirs, de vraies pointures, des photos où elle fait des sourires à s'en décrocher la mâchoire. On était redevenus un couple. On rendait visite à nos familles le week-end. On prenait le petit déj' dans des *diners* des heures avant que tout le monde se lève, on explorait la bibliothèque de New Brunswick, celle que Carnegie avait fait construire avec l'argent de son complexe de culpabilité. On avait trouvé notre vitesse de croisière. Et puis la lettre nous a atteints comme une grenade de *Star Trek*, faisant tout exploser, passé, présent, futur. Tout à coup ses parents veulent me tuer. Peu importe que je les aie aidés à remplir leur déclaration d'impôts deux ans de suite ou que je leur tonde la pelouse. Son père, qui me considérait comme son *hijo*, me traite d'enfoiré au téléphone, on dirait qu'il va s'étrangler avec le fil. Tu mérites pas je parle espagnol à toi, qu'il me dit. Je croise une des copines de Magda au centre commercial – Claribel, l'Équatorienne qui a un diplôme de biologie et les yeux bridés – et elle me traite comme si j'avais bouffé l'enfant préféré de quelqu'un.

Cherchez même pas à savoir comment ça s'est passé avec Magda. Comme une collision de plein fouet sur la ligne 5 du métro. Elle m'a jeté la lettre de Cassandra à la figure – elle m'a raté et la lettre a atterri sous une Volvo – puis elle s'est assise au bord du trottoir et a fait une crise d'hyperventilation. Bon sang, qu'est-ce qu'elle a pleuré. Oh, bon sang.

Mes potes m'ont dit que là, putain, ils auraient tout nié en bloc. Cassandra *qui*? Mais j'avais le ventre trop noué pour même essayer. Je me suis assis à côté d'elle, j'ai attrapé ses bras qui battaient l'air et j'ai dit une connerie du genre : Il faut que tu m'écoutes, Magda. Ou bien tu ne comprendras pas.

*

Le soleil, la lune, les étoiles

Que je vous parle un peu de Magda. C'est une Bergenline[1] pur jus : petite, grande bouche, large de hanches, des cheveux noirs et bouclés dans lesquels on pourrait perdre sa main. Son père est boulanger, sa mère vend de la layette au porte-à-porte. C'est peut-être la première *pendeja* venue, mais c'est aussi une âme charitable. Une catholique. Elle me traînait tous les dimanches à l'église pour la messe espagnole, et quand un de ses parents tombait malade, surtout ceux qui sont à Cuba, elle écrivait des lettres à des nonnes de Pennsylvanie, demandait aux bonnes sœurs de prier pour sa famille. C'est le rat de bibliothèque que tous les bibliothécaires de la ville connaissent, la prof que tous les élèves adorent. Toujours à découper des trucs pour moi dans le journal, des trucs sur la République dominicaine. Je la voyais, genre, chaque semaine, et elle continuait de m'envoyer des petits mots ringards par la poste : Pour que tu ne m'oublies pas. On pouvait pas imaginer pire choix que Magda pour la baise.

Bref, je vais pas vous ennuyer avec ce qui s'est passé quand elle a été au courant. Les supplications, les génuflexions sur des tessons de verre, les pleurs. Disons simplement qu'après deux semaines de ce régime, où je prenais la voiture pour aller chez elle, où je lui envoyais des lettres, où je l'appelais à toute heure de la nuit, on s'est remis ensemble. Ce qui ne veut pas dire que j'ai retrouvé ma place à la table familiale ou que ses copines ont fêté ça. Ces *cabronas*, elles étaient genre, *No, jamás*, jamais. Même Magda ne tenait pas trop au rapprochement au début, mais j'avais l'élan du passé en ma faveur. Quand elle m'a demandé : Pourquoi tu ne me fiches pas la paix ? Je lui ai répondu la vérité : C'est parce que je t'aime, *mami*. Je sais que ça fait un peu cul-cul, mais c'est vrai : Magda est mon cœur. Je ne voulais pas qu'elle me quitte ; je n'allais quand même pas me mettre à chercher une nouvelle copine parce que j'avais déconné une seule fois.

---

1. Bergenline Avenue : plus longue artère commerçante du New Jersey dont la population est à majorité cubaine et dominicaine. (Toutes les notes sont du traducteur.)

Guide du loser amoureux

N'allez pas croire que c'était du gâteau, loin de là. Magda est têtue ; quand on a commencé à se fréquenter, elle a dit qu'elle ne coucherait pas avec moi avant un mois, et la môme s'y est tenue malgré tous mes efforts pour glisser la main sous sa jupe. Elle est sensible, aussi. Elle absorbe la douleur comme le papier absorbe l'eau. Vous n'imaginez pas combien de fois elle m'a demandé (en particulier quand on venait de baiser) : Tu comptais me le dire un jour ? Ça et : Pourquoi ? étaient ses questions préférées. Mes réponses préférées étaient : Oui et : C'était une erreur stupide. J'ai agi sans réfléchir.

Il nous est même arrivé de parler de Cassandra – en général dans le noir, quand on ne se voyait pas. Magda me demandait si j'avais été amoureux de Cassandra et je lui disais : Non. Tu penses encore à elle ? Non. C'était un bon coup ? Franchement, ma chérie, c'était nul. Cette réponse-là n'est jamais très crédible mais c'est ce qu'il faut dire même si ça a l'air idiot et que ça sonne faux : dites-le.

Et pendant quelque temps, après qu'on s'est remis ensemble, tout est allé pour le mieux.

Enfin, vraiment pas longtemps. Lentement, presque imperceptiblement, ma Magda a changé. Elle ne voulait plus passer la nuit chez moi aussi souvent ni me gratter le dos quand je lui demandais. Incroyable, les trucs qu'on remarque. Comme la façon qu'elle avait de ne jamais me demander de la rappeler quand elle était déjà en ligne avec quelqu'un d'autre. J'avais toujours eu la priorité. Plus maintenant. Alors bien sûr, j'ai tout mis sur le dos de ses copines, dont je savais qu'elles continuaient de bavasser sur mon compte.

Y avait pas qu'elle qui recevait des conseils. Mes potes me disaient : Qu'elle aille se faire foutre, t'emmerde pas avec cette garce, mais chaque fois que j'essayais, j'allais jamais jusqu'au bout. Je l'avais vraiment dans la peau, Magda. J'ai remis les bouchées doubles avec elle, mais rien ne s'est goupillé comme prévu. Chaque film qu'on allait voir, chaque promenade en voiture qu'on faisait le soir,

Le soleil, la lune, les étoiles

chaque nuit qu'elle passait à la maison semblait confirmer quelque chose de négatif à mon sujet. J'avais l'impression de mourir à petit feu, mais quand je mettais le sujet sur le tapis elle répondait que j'étais parano.

Environ un mois plus tard, elle a commencé à faire des choses qui auraient alerté n'importe quel négro parano. Elle se coupe les cheveux, achète du meilleur maquillage, porte des fringues neuves, va danser le vendredi soir avec ses amies. Quand je lui demande si on peut sortir, je n'ai plus aucune certitude qu'elle accepte. Plusieurs fois, elle me fait du Bartleby, répond : Je préférerais pas. Quand je lui demande à quoi elle joue, elle répond : C'est ce que j'essaie de découvrir.

Je savais ce qu'elle faisait. Elle voulait que je me rende compte de la précarité de ma position dans sa vie. Comme si je m'en étais pas déjà rendu compte.

Puis le mois de juin arriva. Des nuages blancs de chaleur s'étiraient dans le ciel, on lavait sa voiture au jet, on écoutait de la musique dehors. Tout le monde se préparait pour l'été, même nous. Au début de l'année, on avait prévu de partir en voyage à Saint-Domingue, un cadeau d'anniversaire, et il fallait décider si on y allait toujours. Ça traînait depuis un bout de temps, mais je m'étais dit que ça se résoudrait tout seul. Quand j'ai vu que non, j'ai sorti les billets et lui ai demandé : Qu'est-ce que t'en penses ?

J'en pense que c'est un trop grand engagement.

Ça pourrait être pire. C'est jamais que des vacances, merde.

Ça me met la pression.

Inutile de te mettre la pression.

Je sais pas pourquoi je m'y accroche. Tous les jours, je reviens à la charge, pour la forcer à s'engager. J'en avais peut-être ma claque de la situation dans laquelle on était. Je voulais me détendre, je voulais qu'on passe à autre chose. Ou je m'étais peut-être imaginé que si elle disait : OK, on y va, tout irait bien entre nous. Si elle disait : Non, c'est pas pour moi, au moins je saurais que c'était fini.

Guide du loser amoureux

Ses copines, les pires boulets de la planète, lui conseillaient de profiter du voyage et ensuite de ne plus jamais m'adresser la parole. Elle, évidemment, me racontait ces conneries, parce qu'elle ne pouvait pas s'empêcher de me dire tout ce qui lui passait par la tête. T'en penses quoi ? je lui ai demandé.

Elle a haussé les épaules. C'est une idée.

Même mes potes étaient genre : Négro, tu vas claquer une fortune pour des conneries, mais j'étais convaincu que ça nous ferait du bien. Au fond, ce que mes potes ne savent pas, c'est que je suis un optimiste. Je me disais : Moi et elle sur l'Île. Qu'est-ce que ça ne guérirait pas ?

*

Je l'avoue : j'adore Saint-Domingue. J'adore rentrer au pays et voir des types en blazer essayer de me fourrer un petit verre de Brugal dans la main. J'adore quand l'avion atterrit, que tout le monde applaudit quand les roues lèchent le tarmac. J'adore être le seul négro à bord à ne pas être d'origine cubaine ou à ne pas avoir une tonne de maquillage sur la figure. J'adore la rousse qui va rendre visite à sa fille, qu'elle n'a pas vue depuis onze ans. Les cadeaux qu'elle a sur les genoux, tels les ossements d'un saint. *M'ija* a des *tetas* maintenant, murmure-t-elle à son voisin. La dernière fois que je l'ai vue, elle faisait tout juste des phrases. Maintenant c'est une femme. *Imagínate.* J'adore les sacs que prépare ma mère, des trucs pour la famille et un petit quelque chose pour Magda, un cadeau. Donne-le-lui, quoi qu'il arrive.

Si c'était une autre histoire, je vous parlerais de la mer. Je vous décrirais comment l'eau jaillit en écume d'entre les rochers. De mon sentiment, quand j'arrive de l'aéroport en voiture et que je la vois comme ça, comme des lames d'acier déchiqueté, d'être rentré pour de bon. Je vous parlerais de tous les pauvres malheureux qu'on trouve là-bas. Plus

Le soleil, la lune, les étoiles

d'albinos, plus de négros bigleux, plus de *tígueres* que vous n'en verrez jamais. Et je vous parlerais des bouchons : la totalité des automobiles de la fin du vingtième siècle grouillant sur chaque mètre carré, une cosmologie de bagnoles délabrées, de camionnettes délabrées, de bus délabrés et un nombre équivalent de garages, tenus par le premier tocard venu équipé d'une clé à molette. Je vous parlerais des cahutes et des robinets sans eau, des *sambos* sur les panneaux publicitaires et du fait que ma maison de famille est équipée de latrines fiables à cent pour cent. Je vous parlerais de mon *abuelo* et de ses mains de travailleur des champs, lui si malheureux que je n'habite plus là, et je vous parlerais de la rue où je suis né, Calle XXI, qui hésite encore à devenir un bidonville ou pas, et se maintient dans cet état d'indécision depuis des années.

Mais ça deviendrait une autre histoire, et j'ai déjà assez de mal avec celle-là. Il faudra me croire sur parole. Saint-Domingue, c'est Saint-Domingue. Faisons comme si tout le monde savait ce qui s'y passe.

J'ai dû fumer de la poussière parce que j'ai cru que tout allait bien entre nous, les premiers jours. Évidemment, à rester enfermée chez mon *abuelo*, Magda s'ennuyait à mourir, elle me l'a même dit – je m'ennuie, Yunior – mais je l'avais prévenue à propos du passage obligé chez l'*abuelo*. Je croyais qu'elle s'en ficherait; d'ordinaire, elle est super cool avec les *viejitos*. Mais là, elle lui a à peine parlé. Elle piaffait dans la chaleur en buvant des bouteilles d'eau par dizaines. L'ennui, c'est qu'on a quitté la capitale à bord d'un *guagua* en direction des terres avant même le deuxième jour. Les paysages étaient à tomber – on était pourtant en pleine sécheresse et toute la campagne, y compris les maisons, était recouverte de poussière rouge. J'étais de retour. Relevant tout ce qui avait changé depuis l'année précédente. Le nouveau Pizzarelli et les petites poches d'eau que vendaient les *tigueritos*. Je lui ai même fait la visite guidée. C'est là que

Guide du loser amoureux

Trujillo et ses potes Marines massacrèrent les *gavilleros*, là que le *Jefe* venait se servir en filles, là que Balaguer vendit son âme au diable. Et Magda avait l'air de se divertir. Elle opinait du chef. Répondait parfois. Que voulez-vous que je vous dise? Je croyais qu'on était dans une bonne vibration.

Je suppose, en y repensant, qu'il y avait des signes. D'abord, Magda n'est pas une taiseuse. C'est un moulin à paroles, une putain de *boca*, on avait d'ailleurs un code : quand je levais la main pour dire : Temps mort, elle devait garder le silence pendant au moins deux minutes, pour me laisser traiter l'information qu'elle venait de débiter. Elle en restait gênée et interdite, mais pas assez pour ne pas repartir au quart de tour dès que je disais : Reprise.

Peut-être parce que j'étais de bonne humeur. C'était la première fois depuis des semaines que je me sentais détendu, que je n'agissais pas comme si on était au bord de la rupture à chaque instant. Ça m'emmerdait qu'elle tienne à faire son rapport à ses copines chaque soir – comme si elles craignaient que je l'étripe ou un truc dans le genre – mais putain, je croyais quand même que ça se passait mieux que jamais.

On logeait dans un hôtel bon marché, complètement dingue, près de Pucamaima. J'étais sur le balcon où j'observais les Septentrionales et la ville plongée dans l'obscurité par une panne d'électricité, quand je l'ai entendue pleurer. J'ai cru que c'était grave, j'ai pris une lampe torche et agité le faisceau sur son visage bouffi de chaleur. Tu vas bien?

Elle a secoué la tête. Je veux pas rester ici.

Comment ça?

Faut te faire un dessin? Je. Veux. Pas. Rester. Ici.

Ce n'était pas la Magda que je connaissais. La Magda que je connaissais était super courtoise. Elle frappait aux portes avant d'entrer.

J'ai failli gueuler : C'est quoi ton problème, putain! Mais je me suis retenu. J'ai fini par la prendre dans mes bras, la bercer et lui demander ce qui n'allait pas. Elle a pleuré long-

Le soleil, la lune, les étoiles

temps, puis après un silence elle s'est mise à parler. C'est là que la lumière s'est rallumée en clignotant. En fait, elle ne voulait pas bourlinguer comme une clocharde. Je croyais qu'on serait à la plage, elle a dit.

On va y aller, à la plage. Après-demain.

On peut pas y aller tout de suite?

Qu'est-ce que je pouvais faire? Elle était là, en sous-vêtements, à attendre que je dise quelque chose. Et quels sont les premiers mots qui me sont venus? Ma chérie, on fera tout ce que tu veux. J'ai appelé l'hôtel à La Romana, demandé s'il était possible d'arriver en avance, et le lendemain matin on a pris un *guagua* express direction la capitale, puis un second jusqu'à La Romana. Je n'ai pas décroché un seul mot et elle ne m'a pas adressé la parole. Elle avait l'air fatiguée et regardait le monde extérieur comme si elle espérait qu'il lui donne un conseil.

Au milieu du troisième jour de notre Grande Tournée de Rédemption à Quisqueya, on s'est retrouvé dans un bungalow climatisé à regarder HBO. Exactement le genre de lieu où j'ai envie d'être à Saint-Domingue. Un putain de complexe hôtelier de luxe. Magda lisait le livre d'un trappiste, de meilleure humeur, j'imagine, et j'étais assis au bord du lit, parcourant du doigt ma carte routière désormais inutile.

Je me disais : Pour tout ça, je mérite une récompense. En nature. Moi et Magda on faisait l'amour n'importe quand avant, mais depuis la rupture c'est devenu bizarre. Tout d'abord, c'est plus aussi fréquent. J'ai du bol quand j'arrive à conclure une fois par semaine. Faut que je la pousse, que je prenne les devants, sans quoi on baise pas du tout. Elle fait comme si elle voulait pas, ce qui est parfois vraiment le cas, et alors il faut que je garde mon calme, mais d'autres fois elle en a envie et je lui touche la chatte, ma façon d'entamer les préliminaires, de dire : Bon, si on s'envoyait en l'air, *mami*? Elle détourne la tête, sa manière de dire : Je suis trop fière pour céder ouvertement à tes désirs bestiaux, mais si tu laisses ton doigt en moi, je ne t'arrêterai pas.

Guide du loser amoureux

Ce jour-là, tout a bien commencé, et puis à mi-chemin elle a dit : Attends, il ne faut pas.

J'ai voulu savoir pourquoi.

Elle a fermé les yeux comme si elle était embarrassée.

Laisse tomber, elle a dit, en remuant des hanches sous moi.

Laisse tomber, je te dis.

J'ose même pas vous dire où on est. On est à Casa de Campo. Le complexe hôtelier qui n'a honte de rien. Le pékin de base qui passe raffolerait de ce lieu. C'est le plus grand et le plus luxueux complexe de l'Île, autrement dit une putain de forteresse, coupée du monde par des murs d'enceinte. Partout des *guachimanes*, des paons et d'ambitieux jardins en topiaire. Aux États-Unis, la pub le présente comme un État dans l'État, ce qui est probablement vrai. Il a son propre aéroport, un golf de trente-six trous, des plages si blanches qu'elles ne demandent qu'à être foulées, et où les seuls Dominicains locaux qu'on est sûr de croiser sont soit rentiers, soit en train de changer vos draps. Disons simplement que mon *abuelo* n'a jamais mis les pieds ici, ni le vôtre. C'est là que les Garcías et les Colóns viennent se détendre après un long mois d'oppression des masses, là que les *tutumpotes* échangent des tuyaux avec leurs collègues venus de l'étranger. À trop traîner dans le coin, on peut être sûr que son laissez-passer pour le ghetto sera périmé à la sortie, aucun doute là-dessus.

On se lève de bon matin pour le buffet, on se fait servir par des femmes joviales déguisées en Tante Jemima. Je vous fais pas marcher : ces négresses-là sont même obligées de porter des mouchoirs à carreaux sur la tête. Magda griffonne quelques cartes postales pour la famille. Je veux qu'on parle de ce qui s'est passé la veille, mais quand je mets le sujet sur le tapis elle pose son stylo. Le reflet des pots de confiture sur ses lunettes de soleil.

J'ai l'impression que tu me mets la pression.

Comment ça, je te mets la pression ? je demande.

Le soleil, la lune, les étoiles

J'ai simplement besoin d'un peu de temps pour moi des fois. Quand je suis avec toi j'ai le sentiment que tu attends quelque chose de moi.

Du temps pour toi, je dis. Qu'est-ce que ça veut dire?

Disons qu'une fois par jour tu pourrais faire une chose et moi une autre.

Quand ça? Tout de suite?

Pas forcément tout de suite. Elle prend l'air exaspéré. Si on allait à la plage?

En arrivant à la voiturette de golf mise à notre disposition, je lui dis : J'ai l'impression que tu rejettes mon pays entier, Magda.

Ne sois pas ridicule. Elle laisse tomber sa main sur mes genoux. Je voulais simplement me détendre. Qu'est-ce qu'il y a de mal à ça?

Le soleil flamboie et le bleu de l'océan agresse le cerveau. Casa de Campo a autant de plages que le reste de l'île a de problèmes. Sur celles-là, pourtant, il n'y a pas de *merengue*, pas de marmots, personne pour tenter de vous vendre des *chicharones* et, de toute évidence, il y a un déficit massif de mélanine. Tous les dix mètres on tombe sur un Européen à la mords-moi-le-nœud qui se prélasse sur une serviette de bain comme un monstre des mers pâle et flippant vomi par les eaux. On dirait des profs de philo, des ersatz de Foucault, et ils sont trop nombreux à être en compagnie d'une Dominicaine basanée. Sans blague, ces filles-là ne peuvent pas avoir plus de seize ans, elles m'ont l'air *puro ingenio*. On se doute à leur incapacité à communiquer que ces deux-là ne se sont pas rencontrés dans le Quartier latin.

Magda arbore un renversant bikini Ochun coloré que ses copines l'ont aidée à choisir pour mieux me torturer, et je porte un de ces vieux slips de bain qui proclament « Vive Sandy Hook[1] ! » Je l'admets, avec Magda à moitié nue en public je me sens vulnérable et mal à l'aise. Je pose une

---

1. Réserve naturelle aux nombreuses plages, dans le New Jersey.

Guide du loser amoureux

main sur son genou. Je voudrais juste t'entendre dire que tu m'aimes.

Yunior, pitié!

Tu peux dire que tu m'aimes beaucoup?

Fiche-moi la paix, tu veux? T'es pire que la peste.

Je laisse le soleil m'écraser sur le sable. On est déprimants quand on est ensemble, Magda et moi. On ne ressemble pas à un couple. Quand elle sourit, tous les négros la demandent en mariage; quand je souris, les gens vérifient qu'ils ont toujours leur portefeuille. Magda a été une véritable star pendant toute la durée de notre séjour. Vous savez ce que c'est quand vous êtes sur l'Île et que votre copine est une octavonne. Les négros en font des caisses. Dans les bus, les *machos* disent des trucs du genre : *Tú sí eres bella, muchacha.* Chaque fois que je pique une tête dans l'eau, une espèce de Héraut Méditerranéen de l'Amour engage la conversation avec elle. Évidemment, je ne suis pas poli. Si t'allais te faire voir ailleurs, *pancho*? On est en lune de miel, là. Y a même une gueule de pet qui insiste à mort, qui s'assoit à côté de nous pour l'impressionner avec ses cheveux qui lui tombent sur la poitrine, et au lieu de l'ignorer, voilà qu'elle commence à lui parler et qu'il se révèle dominicain, lui aussi, de Quisqueya Heights, un substitut du procureur qui adore son peuple. Il vaut mieux que ce soit moi qui les poursuive, il dit. Au moins je les comprends. Je me dis qu'il parle comme ces nègres d'autrefois qui nous ont amené les *bouanas*. Après trois minutes en présence de ce mec, j'en peux plus et je dis : Magda, arrête de discuter avec cet enfoiré.

Le substitut du procureur tressaille. Je sais que ce n'est pas de moi que vous parlez, dit-il.

En fait, si, c'est de toi que je parle.

Incroyable. Magda se lève et se dirige vers l'eau, les jambes raides. Elle a du sable en demi-lune collé au cul. Le désespoir total, putain.

Le mec me dit encore quelque chose, mais je ne l'écoute plus. Je sais déjà ce qu'elle dira en se rasseyant. Il est temps que tu t'occupes de ton côté et que je m'occupe du mien.

Le soleil, la lune, les étoiles

Ce soir-là je traîne autour de la piscine et du bar local, le Club Cacique, sans trouver Magda nulle part. Je croise une Dominicaine de West New York. Canon, bien sûr. *Trigueña*, avec la plus invraisemblable permanente de ce côté de Dyckman[1]. Elle s'appelle Lucy. Elle fait une virée avec trois de ses cousines adolescentes. Quand elle retire son peignoir pour plonger dans la piscine, je remarque des cicatrices en forme de toile d'araignée sur son ventre.

Je croise aussi deux types, riches et un peu moins jeunes, qui boivent du cognac au bar. Ils se présentent comme le Vice-Président et Bárbaro, son garde du corps. La fraîche empreinte du désastre est sans doute encore visible sur mon visage. Ils m'écoutent parler de mes soucis comme s'ils étaient des kapos à qui je raconte un meurtre. Ils compatissent. Il fait cent degrés et les moustiques vrombissent comme s'ils allaient hériter de la planète, mais ces gars-là portent des costumes de luxe, et Bárbaro arbore même un ascot mauve. Jadis, un soldat a tenté de lui scier le cou et depuis il couvre la cicatrice. Je suis un homme modeste, dit-il.

Je m'absente pour appeler notre chambre. Pas de Magda. Je vérifie à la réception. Je retourne au bar avec le sourire.

Le Vice-Président est un jeune frère qui va sur ses quarante ans, très cool pour un *chupabarrio*. Il me conseille de me trouver une autre femme. Choisis-la *bella* et *negra*. Je me dis : Cassandra.

Le Vice-Président fait un geste de la main et des verres de Barceló apparaissent si vite qu'on se croirait dans un film de science-fiction.

La jalousie est le meilleur moyen de relancer une relation, dit le Vice-Président. J'ai appris ça quand j'étais étudiant à Syracuse. Dansez avec une autre femme, dansez le *merengue* avec elle, et vous verrez que votre *jeva* sera prête à passer à l'action.

Vous voulez dire prête à recourir à la violence.

---

1. Rue qui traverse d'ouest en est le nord de Manhattan.

Guide du loser amoureux

Elle vous a frappé?
Quand je lui ai tout dit. Elle m'en a collé une en pleine mâchoire.
Pero, hermano, pourquoi lui avoir tout dit? Bárbaro veut savoir. Pourquoi ne pas avoir nié?
Compadre, elle a reçu une lettre. Qui contenait des preuves.
Le Vice-Président sourit merveilleusement et je vois comment il a pu devenir vice-président. Plus tard, quand je rentrerai, je raconterai toute l'histoire à ma mère, et elle me dira de quoi ce frère-là était vice-président.
Elles ne nous frappent que quand elles nous aiment, dit-il.
Amen, murmure Bárbaro. Amen.

Toutes les amies de Magda disent que je l'ai trompée parce que je suis dominicain, que nous les Dominicains ne sommes que des chiens et qu'on ne peut pas nous faire confiance. Je doute de pouvoir parler au nom de tous les Dominicains, mais eux non plus ne le peuvent sans doute pas. De mon point de vue, ça n'a rien à voir avec la génétique; il y avait des raisons. Des circonstances.
La vérité, c'est qu'aucune relation au monde n'échappe aux turbulences. La nôtre non plus.
J'habitais Brooklyn et elle le New Jersey avec sa famille. On discutait chaque jour au téléphone et on se voyait le week-end. En général, c'était moi qui passais. On était des purs et durs du New Jersey : les centres commerciaux, les parents, le ciné, beaucoup de télé. Après un an ensemble, on en était là. Notre relation, c'était pas le soleil, la lune et les étoiles, mais c'était pas non plus du flan. Surtout le samedi matin, chez moi, quand elle préparait du café style *campo,* qu'elle le faisait couler à travers une espèce de filtre. La veille, elle disait à ses parents qu'elle passait la nuit chez Claribel; ils devaient bien savoir où elle était, mais ils n'ont jamais rien dit. Je m'endormais tard et elle lisait, me grattait le dos en décrivant lentement un arc et quand j'étais prêt à

Le soleil, la lune, les étoiles

me lever, je l'embrassais jusqu'à ce qu'elle dise : Bon sang, Yunior, tu me fais mouiller.

Je n'étais pas malheureux ni obsédé du cul comme certains négros. Bien sûr, je reluquais les autres filles, je dansais même avec elles quand je sortais, mais je n'étais pas du genre à garder leur numéro.

N'empêche, c'est pas comme si sortir avec quelqu'un une fois par semaine n'était pas apaisant, parce que ça l'est. Rien qu'on ne remarque, jusqu'à ce qu'une nouvelle se pointe au boulot, avec un gros cul et une belle bouche et qui se frotte contre vous presque aussitôt, vous touche les pectoraux, se plaignant d'un *moreno* avec qui elle sort et qui la traite comme de la merde, disant : Les noirs peuvent pas comprendre les Espagnoles.

Cassandra. Elle centralisait les paris sur le foot, faisait des mots croisés tout en parlant au téléphone, et avait un faible pour les jupes en jean. On avait pris l'habitude de sortir déjeuner et d'avoir tout le temps la même conversation. Je lui conseillais de larguer le *moreno*, elle me conseillait de me trouver une copine qui couche. La première semaine, j'ai commis l'erreur de lui dire que mes parties de jambes en l'air avec Magda n'avaient jamais été transcendantes.

Merde, je te plains, a dit Cassandra. Au moins Rupert est un coup de première.

Le soir où on l'a fait pour la première fois – et avec la manière, elle n'avait pas menti à ce propos – je me suis senti si mal que j'en ai pas fermé l'œil, même si c'est une de ces sœurs dont le corps se love contre le vôtre à la perfection. Je me disais : Elle est au courant, du coup j'ai appelé Magda alors que j'étais encore au lit pour lui demander si tout allait bien.

T'as une voix bizarre, elle a fait.

Je me souviens de Cassandra appuyant la chaude fente de sa chatte contre ma jambe et moi répondant : Tu me manques, voilà tout.

Guide du loser amoureux

Une nouvelle sublime journée ensoleillée aux Caraïbes, et la seule chose que Magda m'ait dite est : Passe-moi la lotion. Ce soir, l'hôtel organise une fête. Tous les clients sont invités. Tenue correcte exigée mais je n'ai ni les vêtements ni l'énergie pour m'habiller. Magda, elle, a les deux. Elle enfile un pantalon lamé or ultra-moulant et un dos nu assorti qui laisse voir l'anneau à son nombril. Ses cheveux sont brillants et aussi sombres que la nuit et je me souviens de la première fois que j'ai embrassé ces boucles, lui demandant : Où sont les étoiles? Elle avait répondu : Un peu plus bas, *papi*.

On se retrouve tous les deux devant le miroir. Je suis en pantalon et *chacabana* froissée. Elle met du rouge à lèvres; j'ai toujours pensé que l'univers n'a créé la couleur rouge qu'à l'intention des Latinas.

On est beaux, elle dit.

C'est vrai. Mon optimisme refait surface. Je pense : C'est le soir de la réconciliation. Je passe mes bras autour d'elle, mais elle lâche sa bombe sans ciller : ce soir, elle a besoin d'air, dit-elle.

Les bras m'en tombent.

Je savais que ça te mettrait en pétard.

Je ne voulais pas venir ici. C'est toi qui m'as obligé.

Si tu voulais pas venir, pourquoi t'as pas eu les couilles de le dire?

Comme ça, encore et encore, jusqu'à ce que je dise : Et puis merde, et que je sorte. Je me sens partir à la dérive, n'ai pas la moindre idée de ce qui m'attend. C'est la fin de la partie, et au lieu de faire sauter tous les verrous, au lieu de *pongándome más chivo que un chivo*, j'ai pitié de moi, *como un parigüayo sin suerte*. Je n'arrête pas de me répéter : Je suis pas un sale type, je suis pas un sale type.

Le Club Cacique est bondé. Je cherche cette fille, Lucy. Je tombe sur le Vice-Président et Bárbaro. Au calme tout au bout du bar, ils boivent du cognac et débattent pour savoir si le championnat de base-ball américain compte cinquante-

Le soleil, la lune, les étoiles

six joueurs dominicains ou cinquante-sept. Ils me font de la place et me tapent sur l'épaule.

J'en peux plus de cet endroit, je dis.

Quel drame. Le Vice-Président cherche ses clés dans son costume. Il porte des chaussures de cuir italiennes qui ressemblent à des pantoufles nattées. Seriez-vous disposé à faire un tour en voiture avec nous?

Bien sûr, je dis. Pourquoi pas, putain?

J'aimerais vous montrer le lieu de naissance de notre nation.

Avant notre départ, je jette un œil à la foule. Lucy est arrivée. Elle est seule à l'extrémité du bar en robe légère noire. Elle sourit avec animation, lève le bras, et j'aperçois la zone sombre sous son aisselle. Elle a des taches de sueur sur son habit et des piqûres de moustiques sur ses beaux bras. Je me dis que je devrais rester, mais mes jambes me portent à l'extérieur du club.

On s'entasse dans une BMW noire genre corps diplomatique. Je suis sur la banquette arrière avec Bárbaro; le Vice-Président est au volant. Nous quittons Casa de Campo et la frénésie de La Romana, et tout sent bientôt le jus distillé de la canne à sucre. Les routes sont obscures – pas le moindre éclairage, putain – et dans le faisceau de nos phares les insectes grouillent comme un fléau biblique. On fait tourner le cognac. Je suis en compagnie d'un vice-président et je me dis : C'est quoi ce bordel?

Il parle – de l'époque où il habitait le nord de l'État de New York – mais Bárbaro aussi. Le costume du garde du corps est tout froissé et il fume une cigarette d'une main tremblante. Tu parles d'un garde du corps. Il me raconte son enfance à San Juan, près de la frontière avec Haïti. Le pays de Liborio. Je voulais devenir ingénieur, il me dit. Je voulais construire des écoles et des hôpitaux pour le *pueblo*. Je ne l'écoute pas vraiment; je pense à Magda, je me dis que je ne goûterai probablement plus jamais à sa *chocha*.

Voilà qu'on descend de voiture, qu'on grimpe une côte en se prenant les pieds dans des broussailles, des *guineos* et

Guide du loser amoureux

du bambou et qu'on se fait bouffer par les moustiques comme si on était leur plat du jour. Bárbaro a une immense torche, un annihilateur d'obscurité. Le Vice-Président jure, piétine dans les broussailles, dit : C'est quelque part par là. Voilà ce qui arrive quand on passe sa vie dans des bureaux. C'est seulement à cet instant que je m'aperçois que Bárbaro tient une putain de mitraillette et que sa main ne tremble plus. Il ne me regarde pas, ne regarde pas le Vice-Président – il écoute. Je n'ai pas peur, mais tout ça devient un peu trop bizarre pour moi.

C'est quoi, comme mitraillette? je demande, histoire d'engager la conversation.

Un P-90.

Qu'est-ce que c'est que ce truc?

Quelque chose de vieux transformé en neuf.

Génial, je me dis, un philosophe.

C'est là, crie le Vice-Président.

Je le rejoins à quatre pattes et vois qu'il se tient au-dessus d'un trou dans le sol. La terre est rouge. Et le trou est plus noir que n'importe lequel d'entre nous.

C'est la grotte de la Jagua, annonce le Vice-Président d'une voix profonde et respectueuse. Le lieu de naissance des Taínos.

Je lève le sourcil. Je croyais qu'ils étaient sud-américains. Il s'agit de mythologie, là.

Bárbaro braque la torche sur le trou mais ça n'arrange rien.

Vous voulez voir à l'intérieur? me demande le Vice-Président.

J'ai dû dire oui, vu que Bárbaro me tend la torche et qu'ils m'attrapent tous les deux par les chevilles pour me faire descendre dans le trou. Toutes mes pièces dégringolent de mes poches. *Bendiciones.* Je ne vois pas grand-chose, des couleurs étranges sur les murs érodés, et le Vice-Président me crie : C'est pas magnifique?

C'est l'endroit idéal pour atteindre à la clairvoyance, pour devenir une personne meilleure. Le Vice-Président,

Le soleil, la lune, les étoiles

suspendu dans cette obscurité, s'est sans doute vu dans le futur sortant les pauvres de leurs bidonvilles à grands coups de bulldozer, et Bárbaro aussi – offrant une maison construite en dur à sa mère, lui montrant comment faire fonctionner la clim – mais moi, tout ce qui m'est venu, c'est le souvenir de ma première conversation avec Magda. À l'époque de la fac. On attendait le bus de la ligne E dans George Street et elle portait du violet. Tous les tons de violet.

Et c'est là que j'ai compris que c'était fini. Dès qu'on se met à repenser au début, c'est la fin.

Je pleure, et quand ils me remontent, le Vice-Président dit, sur un ton indigné : Bon sang, pas besoin de faire votre chochotte.

Il faut croire que c'était la marque vaudoue de l'Île : la fin que j'ai vue dans la grotte est devenue réalité. Le lendemain, on est rentrés aux États-Unis. Cinq mois plus tard, j'ai reçu une lettre de mon ex. J'avais rencontré quelqu'un d'autre, mais l'écriture de Magda a encore fait jaillir chaque molécule d'air de mes poumons.

En fait, elle aussi sortait avec quelqu'un. Un très chic type qu'elle avait rencontré. Un Dominicain, comme moi. *Sauf qu'il m'aime, lui,* écrivait-elle.

Mais je vais trop vite. Il faut que je finisse en vous montrant quel genre d'imbécile j'étais.

Quand je suis revenu au bungalow ce soir-là, Magda m'attendait. Recroquevillée sur elle-même, comme si elle avait pleuré.

Je rentre demain, elle a dit.

Je me suis assis à côté d'elle. Je lui ai pris la main. Ça peut marcher, j'ai dit. Il suffit qu'on essaie.

NILDA

Nilda était la copine de mon frère.

C'est comme ça que toutes les histoires débutent.

Elle était dominicaine, d'ici, et avait des cheveux super longs, comme ces filles pentecôtistes, et une poitrine incroyable – de classe mondiale. Rafa la faisait entrer en douce dans notre chambre du sous-sol une fois que notre mère était allée se coucher, et la sautait au son de ce qui passait à la radio à l'époque. Ils étaient obligés de me laisser rester parce que si ma mère m'entendait en haut sur le canapé, on passait tous un sale quart d'heure. Et puisque je n'allais pas dormir dehors dans des buissons, c'était comme ça, pas le choix.

Rafa ne faisait pas de bruit, rien qu'un petit quelque chose qui ressemblait à une respiration. Nilda, si. Elle avait l'air de se retenir de crier tout du long. C'était dingue de l'entendre faire ça. La Nilda avec qui j'avais grandi était la fille la plus taiseuse qu'on puisse imaginer. Elle faisait tomber ses cheveux devant son visage pour lire *Les Nouveaux Mutants*, et n'avait un regard assuré que pour regarder par la fenêtre.

Mais c'était avant que ces seins lui poussent, avant que ce ruban de cheveux noirs passe de quelque chose qu'on tire dans le bus à quelque chose qu'on caresse dans l'obscurité. La nouvelle Nilda portait des pantalons en stretch et des tee-shirts Iron Maiden; elle s'était déjà enfuie de chez sa mère et avait fini dans un foyer; elle avait déjà couché avec

Guide du loser amoureux

Toño et Nestor et Little Anthony de Parkwood, des mecs plus vieux. Elle atterrissait souvent chez nous parce qu'elle haïssait sa mère, la *borracha* du quartier. Le matin, elle filait en douce avant que ma mère se réveille et la trouve. Elle attendait l'arrivée des gens à l'arrêt de bus, faisait comme si elle venait de chez elle, habillée comme la veille, les cheveux gras, si bien que tout le monde la prenait pour une souillonne. Elle attendait mon frère sans parler à personne et sans que personne lui parle, parce qu'elle avait toujours été une de ces filles à qui on ne peut pas dire un mot sans qu'elles vous entraînent dans un tourbillon d'histoires à dormir debout. Si Rafa décidait de ne pas aller à l'école, elle attendait à côté de l'appart que ma mère parte au boulot. Parfois Rafa la faisait entrer tout de suite. Parfois il faisait la grasse mat' et elle poireautait de l'autre côté de la rue, formant des lettres avec des galets jusqu'à ce qu'elle l'aperçoive traverser le salon.

Elle avait de grosses lèvres idiotes, une face de lune triste et la peau incroyablement sèche. Elle s'enduisait toujours de lotion en maudissant son *moreno* de père de la lui avoir transmise.

Elle avait perpétuellement l'air d'attendre mon frère. Certains soirs, elle frappait et je la faisais entrer, et on restait sur le canapé pendant que Rafa était au boulot à l'usine de moquette ou faisait de la muscu à la salle de sport. Je lui montrais mes derniers comics qu'elle lisait le nez collé dessus, mais dès que Rafa se pointait elle les jetait sur mes genoux pour lui sauter dans les bras. Tu m'as manqué, elle lui disait de sa voix de petite fille, et Rafa riait. Il fallait le voir à l'époque : il avait les traits d'un saint. Puis la porte de Mami s'ouvrait et Rafa se libérait pour s'approcher d'elle avec la démarche nonchalante d'un cow-boy et demandait : T'as quelque chose à manger pour moi, *vieja* ? *Claro que sí*, disait Mami en essayant de mettre ses lunettes.

Il nous fascinait tous, comme seul un beau nègre sait le faire.

Nilda

Un jour, alors que Rafa était en retard de son boulot et qu'on était longtemps restés seuls à l'appart, j'ai interrogé Nilda au sujet du foyer. C'était trois semaines avant la fin de l'année scolaire et tout le monde glandait déjà. J'avais quatorze ans et je lisais *Dhalgren* pour la seconde fois ; j'avais un QI à tout casser mais je l'aurais échangé contre une gueule potable sans hésiter une seconde.

C'était vraiment chouette, là-bas, elle a dit. Elle tirait sur le devant de son dos-nu, pour s'aérer la poitrine. La bouffe était dégueu mais c'était plein de beaux gosses. Ils avaient tous envie de moi.

Elle s'est mise à se ronger un ongle. Même les types qui bossaient là-bas ont continué à m'appeler après ma sortie, elle a dit.

La seule raison pour laquelle Rafa s'est intéressé à elle est que sa dernière copine régulière était rentrée en Guyane – une chapé coolie avec des sourcils qui se rejoignaient et une peau à tomber par terre – et parce que Nilda lui avait fait du rentre-dedans. Elle n'était revenue du foyer que depuis deux mois, mais elle avait déjà un *rep* de *cuero*. Beaucoup de Dominicaines du coin étaient soumises à un couvre-feu draconien – on les voyait dans le bus et à l'école, voire chez Pathmark, mais comme la plupart des familles savaient quel genre de *tígueres* rugissaient dans le quartier, ces filles-là n'avaient pas le droit de sortir. Nilda était différente. C'était ce qu'on appelait chez nous à l'époque le rebut noir. Sa mère était une ivrogne teigneuse qui traînait tout le temps dans South Amboy avec ses copains blancs – autrement dit Nilda pouvait traîner dehors et, bon sang, elle ne s'en privait pas. Toujours en vadrouille, toujours une bagnole à ses basques. Avant même que je sache qu'elle était sortie du foyer, elle s'est fait lever par un vieux nègre de l'immeuble de derrière. Il se l'est faite pendant près de quatre mois, je les voyais passer en bagnole dans sa Sunbird délabrée et rongée par la rouille pendant ma tournée de

37

Guide du loser amoureux

livraison du journal. Cet enfoiré devait avoir trois cents ans, mais parce qu'il avait une voiture, une collec' de vinyles et un album photo de son service au Viêtnam, et parce qu'il lui achetait des fringues pour remplacer les guenilles qu'elle portait, Nilda était folle de lui.

J'ai voué une haine passionnée à ce nègre, mais en matière de mecs, on ne pouvait pas raisonner Nilda. Je lui demandais : Comment va le père Queue flapie ? Ça la foutait tellement en rogne qu'elle ne me parlait plus pendant des jours, puis elle m'envoyait un message : Je veux que tu respectes mon homme. Comme tu voudras, je répondais. Puis le vioque s'est volatilisé, personne ne savait où, vieille rengaine de mon quartier, et pendant deux mois elle s'est maquée à ces types de Parkwood. Le jeudi, jour de sortie des comics, elle passait voir ce que j'avais pris et m'expliquait à quel point elle était malheureuse. On restait assis côte à côte jusqu'à ce qu'il fasse sombre, puis son bippeur s'illuminait, elle le regardait attentivement et disait : Faut que j'y aille. Parfois je l'attrapais et la faisais rasseoir sur le canapé, où on restait longtemps, moi attendant qu'elle tombe amoureuse de moi, elle attendant je ne sais quoi, mais parfois elle était sérieuse. Il faut que j'aille voir mon homme, elle disait.

Un jour où on lisait des comics, elle a vu mon frère rentrer après ses dix kilomètres de jogging. Rafa faisait encore de la boxe à l'époque et il était taillé comme jamais, ses pectoraux et ses abdos si saillants qu'on aurait dit qu'ils sortaient tout droit d'un dessin de Frazetta. Il l'a remarquée parce qu'elle portait un short ridicule et un haut sans manches qui n'aurait pas résisté à un éternuement, un petit bourrelet sortant entre les deux vêtements, il lui a souri et elle a repris son sérieux, mal à l'aise, il lui a dit de préparer du thé glacé et elle lui a répondu de se le préparer tout seul. T'es une invitée, ici. Faut que tu participes, putain. Il est allé se doucher et en moins de deux elle s'agitait à la cuisine ; je lui ai dit de laisser tomber mais elle a répondu : Autant que je le fasse. On a tout bu.

38

Nilda

Je voulais la prévenir, lui dire que c'était un monstre, mais elle fonçait déjà sur lui à la vitesse de la lumière.

Le lendemain, la voiture de Rafa est tombée en panne – quelle coïncidence – du coup il a pris le car scolaire. En passant devant nos sièges il lui a pris la main et l'a tirée à ses pieds et elle a dit : Lâche-moi. Elle baissait les yeux au sol. Je veux juste te montrer un truc, il a fait. Elle résistait avec son bras mais le reste de son corps n'attendait que ça. Allez, a dit Rafa, et elle a fini par y aller. Garde-moi ma place, elle a dit par-dessus son épaule, T'inquiète, j'ai fait. Avant même qu'on débouche sur la 516, Nilda était sur les genoux de mon frère et il avait la main si haut sous sa jupe qu'il avait l'air en pleine intervention chirurgicale. Quand on est descendus du car, Rafa m'a pris à part et m'a mis sa main sous le nez. Sens-moi ça, il a dit. Voilà ce qui cloche chez les femmes.

Impossible d'approcher Nilda tout le reste de la journée. Elle s'était attaché les cheveux en arrière et promenait un air de triomphe. Même les blanches étaient au courant pour elle et mon frère ultra-musclé qui passerait bientôt en terminale, et elles étaient impressionnées. Alors que Nilda était assise au bout de notre table à l'heure du déjeuner et murmurait des trucs à d'autres filles, moi et mes potes on a mangé nos sandwichs infects en parlant des X-Men – c'était l'époque où les X-Men valaient encore quelque chose – et même si on ne voulait pas l'admettre, la vérité était désormais patente et horrible : tous les vrais canons étaient attirés par les lycéens comme un papillon de nuit par la lumière, et les minots dans notre genre n'y pouvaient rien. C'est mon pote José Negrón – *alias* Joe Black – qui a eu le plus de mal à encaisser la défection de Nilda, vu qu'il s'imaginait avoir une chance avec elle. Juste après son retour du foyer il lui avait tenu la main dans le car, et même si elle avait été avec d'autres mecs, il ne l'avait jamais oubliée.

J'étais au sous-sol trois soirs plus tard quand elle et Rafa l'ont fait. La première fois, aucun d'eux n'a fait le moindre bruit.

Guide du loser amoureux

Ils sont sortis ensemble tout l'été. Dans mon souvenir, il ne s'est rien passé d'extraordinaire. Moi et ma pitoyable petite bande faisions des virées à pied jusqu'à Morgan Creek pour nous baigner dans l'eau nauséabonde polluée par la décharge; on commençait tout juste à téter la bouteille cette année-là, Joe Black les volait dans la planque de son père et on les sifflait sur les balançoires derrière l'immeuble. À cause de la chaleur et surtout de ce que je ressentais à l'intérieur de ma poitrine, je restais le plus souvent dans la piaule avec mon frère et Nilda. Rafa était tout le temps crevé et livide : c'était arrivé en l'espace de quelques jours. Je lui disais : Regarde-toi, p'tit blanc, et il répondait : Regarde-toi, horrible nègre noir. Il n'en foutait plus une, puis sa voiture a fini par vraiment tomber en panne, du coup on restait tous à l'appart pour regarder la télé en mettant la clim. Rafa avait décidé de ne pas retourner au bahut pour son année de terminale, et même si ma mère avait le cœur brisé et tentait de le culpabiliser cinq fois par jour pour qu'il y aille, il n'avait que ça à la bouche. Le bahut n'avait jamais été son truc, et quand mon père nous a quittés pour sa grognasse de vingt-cinq ans, Rafa n'a plus ressenti le besoin de faire semblant. Putain, je voudrais faire un grand voyage, il nous a dit. Voir la Californie avant qu'elle se fasse engloutir dans l'océan. La Californie, j'ai dit. La Californie, il a dit. Un négro peut s'en sortir, là-bas. Moi aussi, je voudrais y aller, a dit Nilda, mais Rafa ne lui a pas répondu. Il a fermé les yeux, et on a vu qu'il souffrait.

On parlait rarement de mon père. Moi, j'étais déjà content de ne plus me faire tabasser mais une fois, juste avant le début de la Dernière Grande Absence, j'ai demandé à Rafa où notre père se trouvait à son avis, et il a répondu : Comme si j'en avais quelque chose à foutre.

Fin de la conversation. Un monde sans fin.

Les jours où les négros crevaient d'ennui, où on partait en expédition à la piscine, on entrait gratos vu que Rafa était pote avec un des maîtres-nageurs. Je me baignais, Nilda

40

Nilda

partait en mission autour du bassin pour exhiber sa minceur en bikini, et Rafa s'affalait sous l'auvent pour profiter du spectacle. Parfois il m'appelait et on restait assis côte à côte un moment, il fermait les yeux et je regardais l'eau sécher sur mes jambes cendreuses, puis il me disait de retourner dans le bassin. Quand Nilda avait fini de parader et revenait là où Rafa se la coulait douce, elle s'agenouillait à côté de lui et il l'embrassait très longuement, lui caressant le dos de bas en haut. Rien de mieux qu'une nana de quinze ans bien gaulée, semblaient dire ses mains, du moins pour moi.

Joe Black ne les quittait pas des yeux. Merde, il murmurait, elle est si canon que je pourrais lui lécher le trou de balle et vous raconter ce que ça fait. Je les aurais trouvés mignons si je n'avais pas connu Rafa. Il avait peut-être l'air *enamorao* de Nilda mais de vraies cinglées gravitaient aussi dans son orbite. Comme cette espèce de péquenaude blanche de Sayreville, et cette *morena* de Nieuw Amsterdam Village qui couchait à la maison, elle aussi, et qui baisait avec la discrétion d'un train de marchandises. J'ai oublié comment elle s'appelle, mais je n'ai pas oublié le scintillement de sa permanente à la lueur de notre veilleuse.

En août, Rafa a quitté son boulot à l'usine de moquette – je suis trop crevé, putain, se plaignait-il, certains matins les os de ses jambes lui faisaient si mal qu'il n'arrivait pas à se lever tout de suite. Les Romains les brisaient à coups de gourdins en fer, je lui ai dit en lui massant les tibias. La douleur vous tuait instantanément. Super, il a dit. Remonte-moi encore un peu le moral, enfoiré. Un jour, Mami l'a emmené à l'hosto pour passer des examens et, peu après, je suis tombé sur eux assis sur le canapé, bien habillés, à regarder la télé comme si de rien n'était. Ils se tenaient par la main et Mami paraissait minuscule à côté de lui.

Alors?

Rafa a haussé les épaules. Le toubib dit que je fais de l'anémie.

L'anémie, c'est pas méchant.

Guide du loser amoureux

Oui, a dit Rafa, en riant amèrement. Dieu bénisse la Sécu. Dans la lueur de la télé, il avait une sale tête.

C'était l'été où tout ce que nous allions devenir planait au-dessus de nos têtes. Les filles commençaient à me remarquer; je n'étais pas beau gosse mais je savais écouter et j'avais des biceps de boxeur. Dans un autre univers, je m'en serais probablement bien tiré, j'aurais fini avec des *novias* folles à lier, un boulot et une mer d'amour dans laquelle me baigner, mais dans ce monde-ci j'avais un frère qui mourait d'un cancer et une tranche de vie sinistre comme une étendue de banquise noire qui m'attendait.

Un soir, quelques semaines avant la rentrée – ils devaient croire que je dormais – Nilda s'est mise à parler à Rafa de ses projets. Je crois même qu'elle savait ce qui allait se passer. L'écouter imaginer ce qu'elle allait devenir était la chose la plus triste qu'on puisse entendre. Elle voulait partir de chez sa mère et ouvrir un foyer pour jeunes fugueurs. Sauf que celui-là serait vraiment cool, elle disait. Il serait pour les gamins normaux qui ont juste des ennuis. Elle devait vraiment être accro à lui parce qu'elle ne s'est plus arrêtée. On parle souvent de flux verbal, mais ce soir-là j'en ai vraiment entendu un, quelque chose d'ininterrompu, en lutte et en accord avec soi-même tout à la fois. Rafa n'a rien dit. Il lui caressait peut-être les cheveux, à moins qu'il se soit dit : Va au diable. Quand elle a eu fini, il n'a même pas fait *ouah!* C'était si gênant qu'y avait de quoi se mettre une balle. Environ une demi-heure plus tard elle s'est levée et rhabillée. Elle ne pouvait pas me voir, sans quoi elle aurait su que je la trouvais belle. Elle a enfilé son pantalon et l'a tiré d'un même geste, a rentré le ventre tout en le boutonnant. À plus, elle a dit.

Ouais, il a dit.

Une fois qu'elle est sortie, il a allumé la radio et s'est mis au sac de boxe. J'ai cessé de faire semblant de dormir; je me suis assis et l'ai observé.

42

Nilda

Vous vous êtes disputés ou quoi?
Non, il a dit.
Pourquoi elle est partie?
Il s'est assis sur mon lit. Sa poitrine était en nage. Il fallait qu'elle y aille.
Mais où est-ce qu'elle va aller?
J'en sais rien. Il a posé la main sur mon visage, gentiment. Et si tu te mêlais de tes oignons?
Une semaine plus tard il sortait avec une autre fille. Elle était de Trinidad, une *pañyol cocoa* qui parlait avec l'accent british le plus bidon qui soit. On était tous comme ça à l'époque. Aucun de nous ne voulait être un négro. Pour rien au monde.

Deux ans ont dû s'écouler. Mon frère était mort entre-temps, et moi j'étais bien parti pour devenir un raté. Je séchais l'école la plupart du temps, n'avais pas d'amis et passais mon temps devant la télé à regarder Univision, ou bien je descendais aux chiottes fumer jusqu'aux yeux l'herbe que j'étais censé vendre. Nilda ne s'en était pas mieux sortie que moi. Un tas de choses lui sont arrivées qui n'avaient rien à voir avec moi ou mon frère. Elle est tombée amoureuse encore une fois, comme une folle, d'un camionneur *moreno* qui l'a emmenée à Manalapan avant de la larguer à la fin de l'été. Il a fallu que j'aille la chercher là-bas en voiture, la maison était une de ces minuscules bicoques avec une pelouse timbre-poste, sans aucun charme; elle a joué les Italiennes et m'a offert un *paso* dans la voiture, mais j'ai posé mes mains sur les siennes et je lui ai dit d'arrêter. Une fois de retour, elle s'est amourachée de négros encore plus cons, des mecs qui venaient de New York et qui lui ont fait un rentre-dedans d'enfer jusqu'à ce que certaines de leurs copines lui cassent la gueule, un passage à tabac façon Brick City, où elle a perdu ses incisives du bas. Elle allait à l'école par intermittence; pendant quelque temps il fut décidé qu'elle suivrait des cours par correspondance, et c'est là qu'elle a fini par laisser tomber.

43

Guide du loser amoureux

Quand j'étais en première, elle a commencé à livrer des journaux pour se faire un peu d'argent, et comme j'étais souvent dehors je l'apercevais de temps à autre. Ça me brisait le cœur. Elle n'avait pas encore touché le fond mais elle faisait tout pour l'atteindre et, quand on se croisait, elle me souriait toujours en disant salut. Elle avait commencé à grossir, s'était coupé les cheveux à ras et sa grosse face de lune trahissait sa solitude. Je demandais toujours : Quoi de neuf, et quand j'avais des clopes je lui en filais. Elle était venue à l'enterrement avec quelques copines à elle, vêtue d'une de ces jupes, je ne vous dis que ça, comme si elle espérait encore le convaincre de quelque chose, et elle avait fait la bise à ma mère qui ne l'avait pas reconnue. Il avait fallu que je le dise à Mami en rentrant et tout ce qu'elle s'était souvenue d'elle, c'est qu'elle sentait bon. C'est seulement quand Mami l'a dit que je me suis rendu compte que c'était vrai.

Ça n'avait duré que le temps d'un été, et elle n'avait pas plus d'importance que ça, alors à quoi bon en parler? Il est mort, il est mort, il est mort. J'ai vingt-trois ans et je fais ma lessive au petit centre commercial d'Ernston Road. Elle est là, à côté de moi – elle plie ses affaires, sourit en me montrant ses dents manquantes et dit : Ça fait un bail, pas vrai, Yunior?

Des années, je dis, en chargeant une machine de blanc. Dehors, le ciel s'est vidé de ses mouettes, et ma mère m'attend à l'appart avec le dîner prêt. Six mois plus tôt on était assis devant la télé et ma mère a dit : Bah, je crois que j'en ai fini avec cet endroit.

Nilda demande : Vous avez déménagé?

Je fais non de la tête. On bosse, c'est tout.

Bon sang, ça fait un sacré bail. Une vraie magicienne avec ses affaires, tout bien plié, tout bien rangé. Il y a quatre autres personnes aux machines, des négros fauchés en mi-bas et casquettes de croupier, les bras zébrés de cicatrices, et tous ont l'air de somnambules comparés à elle. Elle secoue la tête, fait un grand sourire. Ton frère, elle dit.

Nilda

Rafa.

Elle pointe le doigt sur moi comme mon frère le faisait toujours.

Certains jours, il me manque.

Elle hoche la tête. À moi aussi. Il était gentil avec moi.

J'ai dû la regarder avec incrédulité parce qu'elle a fini de secouer ses serviettes puis m'a transpercé du regard. Il me traitait comme une reine.

Nilda.

Il dormait avec mes cheveux sur son visage. Il disait que ça le rassurait.

Que dire d'autre ? Elle finit sa pile de linge, je lui tiens la porte. Les gens du coin nous regardent sortir. On retourne au vieux quartier, ralentis par le fardeau de nos vêtements. London Terrace a changé depuis la fermeture de la décharge. Les loyers ont explosé et les appartements sont désormais occupés par des immigrés d'Asie du Sud et des blancs, mais ce sont nos enfants qu'on voit dans la rue, traîner sur les perrons. Nilda regarde par terre comme si elle avait peur de tomber. J'ai le cœur qui bat et je me dis : On pourrait tout faire. On pourrait se marier. On pourrait partir en voiture sur la côte ouest. On pourrait tout reprendre de zéro. Tout est possible mais aucun de nous deux ne parle pendant un bout de temps, le moment passe et nous voilà de retour dans le monde que nous avons toujours connu.

Tu te souviens du jour où on s'est rencontrés pour la première fois ? elle demande.

Je fais oui de la tête.

Tu voulais jouer au base-ball.

C'était en été, je dis. Tu portais un haut sans manches.

Tu m'as obligée à mettre une chemise si je voulais jouer dans ton équipe. Tu t'en souviens ?

Je m'en souviens.

On ne s'est plus jamais croisés. Quelques années plus tard je suis allé à la fac, et je n'ai pas la moindre idée de ce qu'elle est devenue.

ALMA

Toi, Yunior, tu as une petite amie qui s'appelle Alma, elle a un long et tendre cou de jument et un gros cul de Dominicaine qui a l'air d'exister dans une quatrième dimension au-delà de son jean. Un cul capable de faire sortir la lune de son orbite. Un cul qui ne lui a jamais plu jusqu'à ce qu'elle te rencontre. Pas un jour sans que tu veuilles coller ta figure contre ce cul ou mordiller les tendons lisses et délicats de son cou. Tu adores qu'elle frissonne quand tu la mordilles, qu'elle se débatte de ces bras si menus qu'on les dirait tout droit sortis d'un jardin d'enfants.

Alma est étudiante à Mason Gross, c'est une de ces *alternatinas* fan de Sonic Youth et de comics, sans qui tu n'aurais peut-être jamais perdu ta virginité. Elle a grandi à Hoboken, dans la communauté latino dont le cœur a brûlé dans les années quatre-vingt, ses immeubles détruits par les flammes. Elle a passé presque toute son adolescence dans le Lower East Side, croyant qu'elle y habiterait toujours, jusqu'à ce que NYU et Columbia disent *niet*, et qu'elle finisse encore plus loin de New York qu'avant. Alma est dans sa phase peinture, et les gens qu'elle peint ont tous la couleur du moisi, l'air d'avoir été dragués au fond d'un lac. Son dernier tableau était un portrait de toi, avachi contre la porte d'entrée : seul le froncement de tes yeux est reconnaissable, il annonce la couleur : j'ai l'air ramenard du mec qui a

49

Guide du loser amoureux

grandi dans le tiers-monde et n'a que ça. Elle t'a dessiné un énorme avant-bras. *Je t'avais dit que je te ferais musclé*. Ces dernières semaines, maintenant que ça s'est réchauffé, Alma a laissé tomber le noir, s'est mise à porter des robes de rien du tout confectionnées avec ce qui ressemble à du papier de soie ; un bon coup de vent suffirait à la déshabiller. Elle dit qu'elle le fait pour toi : *J'en appelle à mon héritage dominicain* (ce qui n'est pas totalement un mensonge, elle prend même des cours d'espagnol pour mieux répondre aux attentes de ta mère), et quand tu la vois dans la rue, s'exhibant, s'exhibant, tu sais très bien ce que chaque négro qui passe se dit, parce que tu te dis la même chose.

Alma est aussi gracieuse qu'un roseau, toi tu es accro aux stéroïdes ; Alma adore conduire, toi tu adores les livres ; Alma possède une Saturne, toi tu n'as plus un seul point sur ton permis ; les ongles d'Alma sont trop sales pour qu'elle cuisine, tes spaghettis *con pollo* sont les meilleurs du pays. Vous êtes si différents – elle lève les yeux au ciel chaque fois que tu mets les infos et dit qu'elle ne supporte pas la politique. Elle ne se dit même pas hispanique. Elle se vante auprès de ses copines que tu es un « radical » et un vrai Dominicain (alors que tu n'es même pas répertorié dans l'*Index Plátano*, Alma n'étant que la troisième Latina avec qui tu sois sorti). Tu te vantes auprès de tes potes qu'elle possède plus de vinyles que n'importe lequel d'entre eux, qu'elle dit d'horribles trucs de blanche quand vous baisez. Elle est plus aventureuse au lit que n'importe laquelle des filles avec qui tu es sorti ; le premier soir, elle t'a demandé si tu préférais jouir sur ses nichons ou sur son visage, et peut-être as-tu raté une étape au cours de ta formation de mec, mais tu as fait, genre, euh, ni l'un ni l'autre. Au moins une fois par semaine elle s'agenouille sur le matelas devant toi et, tout en tirant d'une main sur ses sombres mamelons, elle s'amuse toute seule, sans te laisser la toucher, ses doigts tapotant le velours de son bouton et son visage affichant une expression désespérément, furieusement béate. Elle adore

50

Alma

aussi parler en se masturbant, murmure : Ça te plaît de me regarder, pas vrai, ça te plaît de m'écouter jouir, et quand elle finit, laisse échapper ce long gémissement liquéfié, et là seulement te permet de la prendre dans tes bras, quand elle essuie ses doigts gluants sur ta poitrine.

Oui, dans cette relation, les contraires s'attirent, la baise est géniale, vous ne vous posez pas de questions. C'est merveilleux ! Merveilleux ! Jusqu'à ce qu'un jour du mois de juin Alma découvre que tu baises aussi la belle première année, Laxmi, et découvre que tu baises Laxmi parce qu'elle, Alma, la petite amie, ouvre ton journal et le lit. (Oh, elle avait des soupçons.) Elle t'attend sur le perron, et quand tu te gares avec sa Saturne et remarques le journal dans sa main, ton cœur s'affaisse en toi comme un brigand obèse dans la trappe du pendu. Tu prends ton temps pour couper le moteur. Tu es submergé par une tristesse pélagienne. La tristesse d'être pris en flagrant délit, de savoir de façon irrévocable qu'elle ne te pardonnera jamais. Tu regardes ses jambes incroyables et entre elles, cette *pópola* encore plus incroyable que tu as aimée avec tant d'inconstance ces huit derniers mois. Ce n'est que quand elle s'avance, furieuse, que tu descends de voiture. Tu danses sur la pelouse, guidé par les dernières vapeurs de ton extravagante *sinvergüencería*. Salut, *muñeca*, tu dis, te dérobant à l'épilogue. Quand elle se met à hurler, tu lui demandes : Chérie, qu'est-ce qui se passe ? Elle te traite :

    d'enfoiré
    de pauvre taré
    de pseudo-Dominicain.
Elle crie :
    que tu as un petit pénis
    que tu n'as pas de pénis du tout
    et pire que tout, que tu aimes la chatte au curry.

(Ce qui est vraiment injuste, essaies-tu de rétorquer, vu que Laxmi est guyanaise, mais Alma ne t'écoute pas.)

Guide du loser amoureux

Au lieu de baisser la tête en plaidant coupable comme un homme, tu ramasses le journal comme on le ferait d'une couche-culotte conchiée, comme on ramasserait du bout des doigts une capote récemment usagée. Tu jettes un œil aux passages incriminés. Puis tu la regardes et lui souris d'un sourire dont ton visage hypocrite se souviendra jusqu'au jour de ta mort. Bébé, tu dis, bébé, c'est un extrait de mon roman.

C'est comme ça que tu la perds.

OTRAVIDA, OTRAVEZ

Il s'assied sur le lit, la circonférence de son gros cul tire sur le coin de mes draps bordés au carré. Ses vêtements sont raidis par le froid, et les éclaboussures de peinture gelée sur son pantalon donnent l'impression qu'il est hérissé de clous. Il sent le pain. Il parle de la maison qu'il veut acheter, de la difficulté d'en trouver une quand on est latino. Quand je lui demande de se lever pour que j'arrange le lit, il va à la fenêtre. Toute cette neige, il dit. Je fais oui de la tête en espérant qu'il se taise. Ana Iris aimerait bien dormir à l'autre bout de la pièce. Elle a passé la moitié de la nuit à prier pour que ses enfants reviennent à Samaná, et je sais qu'il faut qu'elle aille bosser à la *fábrica* dans la matinée. Elle s'agite, enfouie sous sa couette, la tête sous un oreiller. Même ici, aux États-Unis, elle a posé une moustiquaire au-dessus de son lit.

Un camion essaie de tourner au coin de la rue, il me dit. J'aimerais pas être à la place de ce *chamaco*.

La rue est passante, je dis, ce qui est vrai. Le matin, je tombe sur le sel et le gravier que les camions perdent sur la pelouse de devant, en petits tas de pierres précieuses dans la neige. Viens t'allonger, je lui dis, et il s'approche de moi, se glisse sous les couvertures. Ses vêtements sont rêches et j'attends que le lit soit assez chaud sous les draps pour déboucler la ceinture de son pantalon. On frissonne et il ne me touche pas avant que ça s'arrête.

55

Guide du loser amoureux

Yasmin, il dit. Sa moustache est contre mon oreille, elle me scie. Un type est mort aujourd'hui à l'usine de pain. Il ne dit rien pendant un moment, comme si le silence était l'élastique qui allait faire jaillir ses mots suivants. *Este tipo* est tombé des chevrons. Héctor l'a trouvé entre les tapis roulants.

C'était un ami?

Celui-là, oui. Je l'avais recruté dans un bar; lui avais dit qu'il ne se ferait pas avoir.

C'est dommage, je dis. J'espère qu'il n'a pas de famille.

Il en a sans doute une.

Tu l'as vu?

Comment ça?

Tu l'as vu mort?

Non. J'ai appelé le chef et il m'a demandé de ne laisser approcher personne. Il croise les bras. Ce boulot sur le toit, je le fais tout le temps.

Tu as de la chance, Ramón.

Oui, mais si ç'avait été moi?

C'est une question idiote.

Qu'est-ce que tu aurais fait?

Je pose mon visage contre lui; il a été mal habitué par les femmes s'il s'attend à plus. Je veux répondre : Exactement ce que ta femme fait à Saint-Domingue. Ana Iris murmure bruyamment dans le coin, mais elle fait juste semblant. Pour me tirer d'affaire. Il se tait pour ne pas la réveiller. Au bout d'un moment, il se lève et s'assied près de la fenêtre. La neige s'est remise à tomber. Radio WADO annonce que l'hiver sera plus rude que les quatre précédents, voire le plus rude depuis dix ans. Je l'observe : il fume, ses doigts passent sur les os délicats autour de ses yeux, sur le renflement de peau autour de sa bouche. Je me demande à qui il pense. À sa femme, Virta, peut-être à son enfant. Il a une maison à Villa Juana; j'ai vu les photos envoyées par Virta. Elle est maigre et a l'air triste, leur regretté fils à côté d'elle. Il garde les photos dans un bocal sous son lit, très fermement scellé.

56

Otravida, otravez

On s'endort sans s'embrasser. Plus tard, je me réveille et lui aussi. Je lui demande s'il rentre chez lui et il me répond non. La fois d'après, je suis la seule à me réveiller. Dans le froid et l'obscurité de cette pièce il pourrait être le premier venu. Je soulève sa grosse main. Elle est lourde et il y a de la farine sous les ongles. Parfois la nuit, je dépose un baiser sur ses phalanges fripées comme un pruneau. Ses mains auront eu le goût des crackers et du pain les trois ans qu'on aura passés ensemble.

Il ne dit rien, ni à moi ni à Ana Iris, quand il s'habille. Dans la poche du haut de sa veste il y a un rasoir jetable dont la lame commence à rouiller. Il se savonne les joues et le menton à l'eau froide du robinet puis se racle le visage, faisant apparaître des croûtes à la place de sa barbe de trois jours. Je l'observe, ma poitrine nue a la chair de poule. Il descend l'escalier et sort de la maison d'un pas lourd, un reste de dentifrice sur les dents. Dès qu'il s'en va, j'entends mes colocs se plaindre de lui. Il a pas un appart où dormir? elles me demandent quand j'entre dans la cuisine. Et je réponds si, avec le sourire. De la fenêtre givrée je le regarde enfiler sa capuche et remonter la triple couche de vêtements, chemise, pull et manteau, sur ses épaules.
Ana Iris rejette ses couvertures d'un coup de pied. À quoi tu joues? elle me demande.
À rien, je dis. Elle me regarde m'habiller derrière ses cheveux hirsutes.
Il faut que tu apprennes à faire confiance à tes mecs, elle dit.
Je lui fais confiance.
Elle me dépose un baiser sur le nez, va au rez-de-chaussée. Je me coiffe, nettoie les miettes et les poils sur mes couvertures. Ana Iris ne croit pas qu'il me quittera; elle croit qu'il est trop installé, qu'on est ensemble depuis trop longtemps. C'est le genre de type capable d'aller à l'aéroport mais pas d'embarquer, elle dit. Ana Iris a laissé son

Guide du loser amoureux

enfance sur l'Île, n'a pas vu ses trois fils depuis près de sept ans. Elle comprend ce qu'il faut de sacrifice dans un voyage. Dans la salle de bains, je me regarde droit dans les yeux. Ses poils de barbe oscillent dans des gouttes d'eau, telles les aiguilles d'une boussole.

Je bosse à deux rues de là, à l'hôpital St Peter. Je ne suis jamais en retard. Je ne quitte jamais la buanderie. Je ne quitte jamais la chaleur. Je remplis des lave-linge, je remplis des sèche-linge, retire les peluches du siphon, remplis des cuillères de détergent en poudre. J'ai quatre autres employées sous mes ordres, je gagne un salaire américain, mais c'est un boulot abrutissant. Je manipule des tas de draps de mes mains gantées. Les draps sales sont apportés par des filles de salle, des *morenas* pour la plupart. Je ne vois jamais les malades ; ils me signalent leur présence par les taches et les marques qu'ils laissent sur les draps, l'alphabet des malades et des mourants. Souvent les taches sont trop incrustées et je suis obligée de mettre ces draps dans le panier spécial. Une des filles de Baitoa me dit qu'elle a entendu que tout ce qui va dans le panier est incinéré. À cause du sida, elle murmure. Parfois les taches sont rousses et anciennes, et parfois le sang a une odeur âcre. On croirait, à voir tout ce sang, qu'une grande guerre est en cours dans le monde. Rien que celle qui attaque le corps, dit la nouvelle.

Mes filles ne sont pas totalement fiables, mais j'aime bien bosser avec elles. Elles écoutent de la musique, elles s'engueulent, me racontent des histoires drôles. Et vu que je ne suis ni une gueularde ni une rentre-dedans, elles m'aiment bien. Elles sont jeunes, ont été envoyées aux États-Unis par leurs parents. Au même âge que moi à mon arrivée ; elles me voient, à vingt-huit ans, après cinq années passées ici, comme une ancienne combattante, un roc, mais à l'époque, les premiers temps, j'étais si seule que chaque jour j'avais l'impression de manger mon propre cœur.

Quelques-unes ont un amoureux et c'est elles que je tiens à l'œil. Elles arrivent en retard, manquent parfois à l'appel

Otravida, otravez

une semaine entière; elles déménagent à Nueva York ou Union City sans prévenir. Dans ces cas-là je suis contrainte d'aller au bureau du chef. C'est un homme petit, un homme maigre, un homme qui a l'air d'un oiseau; pas un seul poil sur le visage, mais un duvet sur la poitrine et sur la nuque. Je lui explique ce qui se passe, il prend le dossier de la fille et le déchire en deux, le son le plus net qui soit. En moins d'une heure, une des autres filles m'envoie une de ses copines qui postule la place.

La dernière arrivée s'appelle Samantha et me donne du fil à retordre. Elle est brune, a le sourcil épais et une bouche comme un tesson de verre – coupante quand on s'y attend le moins. Elle a sauté sur l'occasion après qu'une des filles s'est barrée dans le Delaware. Elle est aux États-Unis depuis seulement six semaines et n'en revient pas du froid qu'il fait. Elle a renversé deux fois les barils de détergent et a pris la mauvaise habitude de bosser sans porter de gants puis de se frotter les yeux. Elle me dit qu'elle est tombée malade, qu'elle a dû déménager deux fois, que sa coloc lui a volé son argent. Elle a le regard craintif et aux aguets des guignards. Le boulot c'est le boulot, je lui dis, mais je lui prête de quoi se payer à déjeuner, l'autorise à faire sa lessive personnelle dans nos machines. Je m'attends à ce qu'elle me remercie, mais tout ce qu'elle me dit, c'est que je parle comme un mec.

Est-ce que ça va s'améliorer? je l'entends demander aux autres. Ça va aller de pire en pire, elles répondent. Attends un peu la pluie glacée. Elle me regarde, esquisse un sourire, hésitante. Elle a peut-être quinze ans, est trop maigre pour avoir porté un enfant, mais elle m'a déjà montré les photos de son gros garçon, Manolo. Elle attend que je lui réponde, surtout moi qui suis la *veterana,* mais je m'affaire sur la lessive suivante. J'ai tenté de lui expliquer le secret pour bosser dur mais on dirait qu'elle s'en fiche. Elle fait claquer son chewing-gum et me sourit comme si j'avais soixante-dix ans. Je déplie le drap suivant et, telle une fleur, la tache de

Guide du loser amoureux

sang apparaît, pas plus grosse que ma main. Le panier, je dis, et Samantha l'ouvre. Je roule le drap en boule et le jette. En plein dans le mille, les coins du drap s'y enfoncent, sous le poids de son centre.

Neuf heures à défroisser du linge et je rentre à la maison, où je mange du *yuca* froid dans de l'huile chaude, attendant que Ramón passe me prendre avec la voiture qu'il a empruntée. C'est son rêve depuis qu'il a posé le pied aux États-Unis, et maintenant, avec tous les boulots qu'il a eus et tout l'argent qu'il a mis de côté, c'est possible. Combien sont-ils à y parvenir? Seuls ceux qui ne dévient jamais, ne font jamais d'erreur et n'ont jamais la guigne. C'est plus ou moins le cas de Ramón. Il est sérieux à propos de la maison, ce qui signifie que moi aussi, il faut que je le sois. Chaque semaine on s'aventure dans le monde extérieur et on cherche. Il en fait tout un événement, s'habille comme s'il passait un entretien en vue d'obtenir un visa, nous conduit dans les coins les plus tranquilles de Paterson, où les arbres s'étendent au-dessus des toits et des garages. C'est important, il dit, d'être attentif aux détails, et je partage cet avis. Il m'emmène avec lui dès qu'il peut, mais même moi je vois bien que je ne sers pas à grand-chose. Je n'aime pas le changement, je lui dis, et je ne vois que ce qui cloche dans les lieux qui l'intéressent, après quoi, dans la voiture, il m'accuse de saboter son rêve, d'être *dura*.

Ce soir, on est censés faire une nouvelle visite. Il entre dans la cuisine en tapant dans ses mains gercées, mais je ne suis pas d'humeur et il s'en aperçoit. Il s'assied à côté de moi. Il pose la main sur mon genou. Tu ne viens pas?

Je suis barbouillée.

Barbouillée à quel point?

Au point de ne pas venir.

Il frotte sa barbe de trois jours. Et si c'était la bonne? Tu veux que je prenne la décision tout seul?

Ça m'étonnerait que ce soit le cas.

60

Otravida, otravez

Et si c'est le cas?
Tu sais que je ne m'installerai jamais là-bas.
Il se renfrogne. Il vérifie l'heure à l'horloge. Il s'en va.
Ana Iris est à son boulot d'appoint, du coup je passe la soirée seule, écoutant la radio annoncer qu'une vague de froid s'abat sur tout le pays. Je tente de garder mon calme, mais à neuf heures, toutes les affaires qu'il stocke dans mes placards sont étalées devant moi, des choses qu'il m'interdit de toucher. Ses livres et une partie de sa garde-robe, une vieille paire de lunettes dans un étui en carton, et deux *chancletas* élimées. Des centaines de billets de loterie périmés, plissés en liasses épaisses qui dégringolent dès qu'on y touche. Des dizaines de cartes de base-ball, de joueurs dominicains, Guzmán, Fernández, les Alou, qui écrasent la balle, fendant l'air, propulsant des flèches de l'autre côté de la ligne des bases. Il a laissé son linge sale pour que je fasse une lessive, mais je n'ai pas eu le temps, et ce soir je l'étale, la levure solidifiée encore au revers de son pantalon et au poignet de ses chemises de travail.

Dans une boîte sur l'étagère en haut du placard il y a un tas de lettres de Virta, tenues par un gros élastique marron. Presque huit ans de correspondance. Chaque enveloppe est abîmée et fragile et je me dis qu'il a oublié qu'elles sont là. J'étais tombée dessus un mois après qu'il eut stocké ses affaires, tout au début de notre relation, je n'avais pas pu résister, et après coup je l'avais regretté.

Il affirme avoir cessé de lui écrire l'année dernière, mais ce n'est pas vrai. Chaque mois je passe dans son appartement déposer son linge et lis les nouvelles lettres qu'elle a envoyées, celles qu'il planque sous son lit. Je connais le nom de Virta, son adresse, je sais qu'elle travaille dans une usine de chocolat; je sais qu'il ne lui a jamais parlé de moi.

Les lettres sont devenues belles au fil des ans et maintenant, même l'écriture a changé – les boucles inférieures des lettres plongent dans la ligne du dessous comme la quille d'un bateau. *Je t'en prie, je t'en prie, mi querido mari,*

61

Guide du loser amoureux

dis-moi ce qu'il y a. Depuis combien de temps ta femme a-t-elle cessé de compter ?
Après avoir lu ses lettres je me sens toujours mieux. Je ne crois pas que ce soit très glorieux.

On n'est pas là par plaisir, m'a dit Ana Iris le jour où on a fait connaissance, et j'ai répondu : Oui, c'est vrai, même si je refusais de l'admettre.
Aujourd'hui je dis la même chose à Samantha et elle me lance un regard plein de haine. Ce matin quand je suis arrivée au boulot je l'ai trouvée en larmes aux toilettes et j'aurais bien voulu lui accorder une heure de repos mais aucun chef ne le permettrait. Je la fais asseoir sur le strapontin, elle a les mains qui tremblent et semble sur le point de se remettre à pleurer. Je l'observe longuement avant de lui demander ce qui cloche, et elle répond : Qu'est-ce qui ne cloche pas?
Ce pays, a dit Ana Iris, n'est pas facile à vivre. Un tas de filles ne s'en sortent pas, la première année.
Il faut que tu te concentres sur le travail, je dis à Samantha. Ça aide.
Elle hoche la tête, son visage de petite fille sans expression. Son fils lui manque probablement, ou le père. Ou notre pays dans son ensemble, auquel on ne pense jamais jusqu'au jour où il disparaît, qu'on n'aime jamais jusqu'au jour où on le quitte. Je lui serre le bras puis je monte faire mon rapport, et quand je reviens elle a disparu. Les autres filles font semblant de rien. Je vérifie aux toilettes, trouve une poignée de serviettes en papier chiffonnées par terre. Je les défroisse et les pose sur le rebord du lavabo.
Même après la pause déjeuner, j'ai encore l'espoir qu'elle entre en disant : Me revoilà. J'étais allée faire un tour.

En vérité, j'ai de la chance d'avoir une amie comme Ana Iris. C'est une sœur, pour moi. La plupart des gens que je connais aux États-Unis n'y ont pas d'amis; ils s'entassent

62

Otravida, otravez

dans des appartements. Ils ont froid, ils sont seuls, ils sont usés. J'ai vu les files d'attente devant les cabines téléphoniques, les types qui vendent des numéros de cartes volées, le *cuarto* qu'ils ont dans la poche.

Quand je suis arrivée aux États-Unis, j'étais comme eux, seule, logeant au-dessus d'un bar avec neuf autres femmes. La nuit, personne n'arrivait à dormir à cause des cris et des bris de bouteille. La plupart de mes colocs se battaient pour savoir qui devait de l'argent à qui et qui le lui avait volé. Quand je touchais un extra, j'allais moi aussi à la cabine appeler ma mère, rien que pour entendre la voix des gens de mon *barrio* qui se passaient le téléphone, comme si me parler allait leur porter bonheur. Je travaillais pour Ramón à l'époque ; on ne sortait pas encore ensemble – cela n'arriverait que deux ans plus tard. Il gérait une entreprise de nettoyage, principalement à Piscataway. Le jour où on s'est connus, il m'a regardée sévèrement. De quel *pueblo* tu viens ?

Moca.

Mata dictador, il a dit, et peu après il m'a demandé quelle équipe je soutenais.

Águilas, je lui ai dit, sans y prêter attention.

Licey, il a rugi. La seule véritable équipe de l'Île.

Il prenait la même voix pour me demander de récurer des toilettes ou nettoyer un four. Il ne me plaisait pas, à l'époque. Il était trop arrogant et trop grande gueule et je me mettais à fredonner quand je l'entendais discuter honoraires avec les propriétaires des maisons. Mais au moins il ne tentait pas de nous violer comme beaucoup d'autres patrons. C'était déjà ça. Il ne se rinçait pas l'œil et gardait les mains dans les poches, la plupart du temps. Il avait d'autres projets, des projets importants, il nous disait, et un seul regard suffisait à le croire.

Mes premiers mois ont consisté à faire le ménage et à écouter Ramón chicaner. Mes premiers mois ont consisté à faire de longues promenades en ville et à attendre le

Guide du loser amoureux

dimanche pour appeler ma mère. Dans la journée j'étais devant des miroirs dans de grandes maisons et je me disais que je m'en sortais bien, après quoi je rentrais chez moi me blottir devant la petite télé autour de laquelle on s'entassait, croyant pouvoir me contenter de ça.

J'ai rencontré Ana Iris après que l'affaire de Ramón a capoté. Pas assez de *ricos,* il avait dit sans se décourager. Des copines ont arrangé un rendez-vous et j'ai fait sa connaissance au marché aux poissons. Ana Iris a découpé et préparé du poisson tout le temps de notre conversation. Je croyais que c'était une *boricua,* mais elle m'a dit plus tard qu'elle était moitié *boricua,* moitié dominicaine. Le meilleur des Caribéens et le pire, elle a ajouté. Elle était rapide et adroite, ses filets n'étaient pas déchiquetés comme d'autres pouvaient l'être sur le lit de glace pilée. Tu pourrais bosser dans un hôpital? elle a voulu savoir.

Je peux tout faire, j'ai répondu.

Il y aura du sang.

Si toi tu peux faire ça, moi je peux bien travailler dans un hosto.

C'est elle qui a pris les premières photos que j'ai envoyées au pays, de mauvais clichés de moi souriant jusqu'aux oreilles, bien habillée et mal assurée. Une devant le McDo, parce que je savais que ma mère trouverait ça très américain. Une autre dans une librairie. Je fais comme si je lisais, même si le livre est en anglais. J'ai les cheveux relevés par des épingles et la peau derrière mes oreilles a l'air pâle, comme si elle n'avait pas assez servi. Je suis si maigre que j'ai l'air malade. La plus belle photo me montre devant un bâtiment de l'université. Il n'y a aucun étudiant mais des centaines de chaises pliantes métalliques ont été disposées devant le bâtiment à l'occasion d'un événement, et je fais face aux chaises, et les chaises me font face, et dans cette lumière la couleur de mes mains est saisissante sur le tissu bleu de ma robe.

Otravida, otravez

Trois soirs par semaine, on visite des maisons. Elles sont dans un état lamentable; ce sont des maisons pour les fantômes, pour les cafards et pour nous, *los hispanos*. Malgré cela, peu de gens sont disposés à nous les vendre. Ils nous traitent bien mais ne rappellent jamais, et quand Ramón repasse en voiture devant la maison, elle est habitée par d'autres, généralement des *blanquitos* entretenant la pelouse qui aurait dû être la nôtre, chassant les corbeaux de nos mûriers. Aujourd'hui un grand-père, des reflets rouges dans ses cheveux gris, nous dit qu'on lui plaît. Il a servi dans notre pays pendant la *Guerra Civil*. Des gens bien, il dit. Des gens magnifiques. La maison n'est pas complètement pourrie et Ramón et moi sommes tendus. Il furète comme une chatte qui cherche un endroit où mettre bas. Il entre dans des placards, tape sur les murs et passe le doigt sur les poutres humides de la cave pendant cinq bonnes minutes. Il renifle l'air à la recherche d'une vague odeur de moisi. Dans la salle de bains je tire la chasse pendant qu'il garde la main sous le jet à pleine puissance de la douche. On fouille les meubles de la cuisine à la recherche de cafards. Dans la pièce d'à côté le grand-père vérifie nos références par téléphone et rit de ce que son interlocuteur lui répond.

Il raccroche et dit à Ramón quelque chose que je ne comprends pas. Avec ces gens-là, on ne peut même pas se fier au ton de la voix. Les *blancos* traitent votre mère de *puta* sur le même ton de voix qu'ils vous saluent. J'attends sans espoir jusqu'à ce que Ramón s'approche pour me dire que ça sent bon.

C'est merveilleux, je dis, toujours persuadée que Ramón va changer d'avis. Il fait très peu confiance aux gens. De retour dans la voiture, il s'y met, certain que le vieux essaie de l'arnaquer.

Pourquoi? Tu as vu quelque chose qui cloche?

Ils cherchent à sauver les apparences. Ça fait partie de l'arnaque. Je te parie que dans deux semaines le toit commence à s'effondrer.

65

Guide du loser amoureux

Il ne va pas le réparer?

Lui dit que oui, mais tu ferais confiance à un vieux dans son genre? C'est déjà étonnant qu'un *viejo* pareil soit encore en mesure de se déplacer.

On ne dit rien de plus. Il visse sa tête dans ses épaules, faisant saillir les tendons de son cou. Je sais qu'il va hurler si je dis quelque chose. Il s'arrête à la maison, les pneus crissent dans la neige.

Tu bosses, ce soir? je demande.

Évidemment.

Il se laisse retomber en arrière dans la Buick, fatigué. Le pare-brise est strié et noir de suie, et les bords que l'essuie-glace n'atteint pas recouverts d'une couche de crasse. On regarde deux mômes en matraquer un troisième à coups de boules de neige et je sens la tristesse s'abattre sur Ramón, je sais qu'il pense à son fils et je veux lui passer le bras autour de l'épaule, lui dire que tout ira bien.

Tu viendras?

Ça dépend du boulot.

Bon.

Mes colocs échangent des sourires bidon par-dessus la nappe quand je leur parle de la maison. On dirait que tu vas être *bien cómoda,* dit Marisol.

Tu n'as plus de souci à te faire.

Plus aucun. Tu peux être fière.

Oui, je dis.

Plus tard, je me couche et j'entends les camions passer, le bruit du sel et du sable dans leur benne. Au milieu de la nuit je me réveille et m'aperçois qu'il n'est pas revenu mais ce n'est que le lendemain matin que je suis en colère. Le lit d'Ana Iris est fait, le filet soigneusement plié à son pied, de la gaze. Je l'entends faire un gargarisme dans la salle de bains. Mes mains et mes pieds sont bleus par le froid et on ne voit rien par la fenêtre à cause du givre et des stalactites. Quand Ana se met à prier, je dis : Pitié, pas aujourd'hui.

Elle baisse les mains. Je m'habille.

Otravida, otravez

Il reparle du type qui est tombé des chevrons. Qu'est-ce que tu ferais si c'était moi? il redemande.

Je me trouverais un autre homme, je lui réponds.

Il sourit. Ah bon? Et tu le trouverais où?

T'as des amis, non?

Quel genre d'homme toucherait à la *novia* d'un mort?

Je sais pas. Rien ne m'oblige à en parler. Je pourrais me trouver un homme comme je t'ai trouvé.

Il devinerait tout de suite. Même le plus *bruto* verrait la mort dans tes yeux.

On n'est pas éternellement en deuil.

Certains, si. Il m'embrasse. Je suis sûr que toi, oui. Je ne suis pas facile à remplacer. C'est ce qu'on me dit au boulot.

Combien de temps tu as été en deuil de ton fils?

Il arrête de m'embrasser. Enriquillo. J'ai longtemps été en deuil. Il me manque encore.

C'est pas marqué sur ta figure.

C'est que tu ne regardes pas assez attentivement.

Ça ne se voit pas, je ne crois pas.

Il pose la main le long de son corps. Tu n'es pas intelligente.

Tout ce que je dis, c'est que ça ne se voit pas.

Je le vois bien, maintenant, il dit. Tu n'es pas intelligente.

Pendant qu'il fume près de la vitre je sors de mon sac la dernière lettre que sa femme lui a écrite et la déplie devant lui. Il ne sait pas à quel point je peux être effrontée. Une feuille de papier, qui sent la violette. *Je t'en prie,* a soigneusement écrit Virta au centre de la page. C'est tout. Je souris à Ramón et remets la lettre dans son enveloppe.

Ana Iris m'a demandé un jour si j'étais amoureuse de lui, et je lui ai parlé de l'éclairage de mon ancienne maison dans la capitale, de sa façon de trembloter sans qu'on sache jamais s'il va s'éteindre ou pas. On posait ses affaires et on attendait sans pouvoir faire grand-chose jusqu'à ce que les lumières se décident. Voilà ce que j'éprouve, je lui ai dit.

Guide du loser amoureux

*

Voici à quoi ressemble l'épouse. Elle est petite, a d'énormes hanches et cette gravité sévère des femmes qu'on appellera *doña* avant leurs quarante ans. Je pense que si nous vivions dans le même monde, on ne serait pas copines.

Je tiens les draps bleus de l'hôpital en l'air et ferme les yeux, mais les taches de sang flottent dans l'obscurité devant moi. On peut les ravoir à la Javel? demande Samantha. Elle est de retour, mais j'ignore pour combien de temps. J'ignore pourquoi je ne la vire pas. Peut-être parce que je veux lui donner une chance. Peut-être parce que je veux voir si elle restera ou si elle partira. Qu'est-ce que ça m'apprendra? Très peu de choses, je pense. Dans le sac qui est à mes pieds j'ai les vêtements de Ramón et je les mets à la machine avec les draps de l'hôpital. L'espace d'un jour il portera l'odeur de mon boulot, mais je sais que celle du pain est plus forte que celle du sang.

Je n'ai pas arrêté de chercher des signes qu'elle lui manque. Il ne faut pas que tu penses à ça, me dit Ana Iris. Chasse ça de ton esprit. Tu ne vas pas te rendre folle à cause d'eux.

C'est ainsi qu'Ana Iris survit, ici. Ainsi qu'elle évite de perdre la tête à cause de ses enfants. Ainsi, en partie, que nous survivons tous, ici. J'ai vu une photo de ses trois fils, trois petits garçons égaillés dans le *Jardín Japonés*, près d'un pin, souriants, le plus petit une masse indistincte de couleur safran qui tente d'échapper à l'objectif. J'écoute son conseil et quand je vais au boulot ou que je rentre à la maison je me concentre sur les autres somnambules autour de moi, les hommes qui balaient la rue et ceux qu'on voit au fond des salles de restaurant, cheveux hirsutes, fumant une cigarette, les gens en costume qui dévalent du métro – dont bon nombre font un saut chez leur maîtresse et ne pensent qu'à ça une fois rentrés chez eux, devant leur repas froid, ou au lit avec leur femme. Je repense à ma mère qui fréquentait un

Otravida, otravez

homme marié quand j'avais sept ans, un homme à la barbe élégante et aux joues émaciées, si noir que tous ceux qui le connaissaient l'appelaient *Noche*. Il tirait des câbles pour Codetel au *campo* mais habitait notre *barrio* et avait deux enfants avec une femme qu'il avait épousée à Pedernales. Sa femme était très jolie, et quand je pense à la femme de Ramón, je la vois, en talons, exhibant la longueur de ses jambes noires, une femme plus chaude que l'air autour d'elle. *Una jeva buena*. Je n'imagine pas que la femme de Ramón puisse ne pas être instruite. Elle ne regarde les *telenovelas* que pour passer le temps. Dans ses lettres, elle parle d'un enfant dont elle s'occupe et qu'elle aime presque comme si c'était le sien. Au début, quand Ramón n'était pas parti depuis longtemps, elle croyait qu'ils pourraient avoir un autre fils qui ressemblerait à ce Victor, son *amorcito*. *Il joue au base-ball comme toi*, écrivait Virta. Elle ne parle jamais d'Enriquillo.

Ici, il y a des calamités sans fin – mais parfois je vois clairement notre avenir, et il est agréable. Nous habitons sa maison et je cuisine pour lui, et quand il laisse traîner de la nourriture sur la paillasse je le traite de *zángano*. Je m'imagine le regardant se raser chaque matin. D'autres fois je nous vois dans cette maison et vois comment par une belle journée (où une journée comme aujourd'hui, si froide que l'esprit tourbillonne au rythme du vent) il se réveillera et estimera qu'on s'est trompés sur toute la ligne. Il se lavera la figure puis se tournera vers moi. Pardon, il dira. Il faut que je parte.

Samantha arrive avec la grippe ; j'ai l'impression de mourir, elle dit. Elle se traîne de tâche en tâche, s'appuie contre le mur pour se reposer, ne mange rien, et le lendemain je l'attrape, moi aussi. Je la refile à Ramón ; il me traite d'idiote à cause de ça. Tu crois que je peux rater un jour de travail ? il demande.

Je ne dis rien ; ça ne ferait que l'irriter.

Guide du loser amoureux

Il ne reste jamais en colère très longtemps. Il a trop d'autres choses en tête.

Le vendredi il passe m'informer de la situation à propos de la maison. Le vieux veut nous la vendre, il dit. Il me montre de la paperasse à laquelle je ne comprends rien. Il est tout excité mais il a la trouille, aussi. Je connais ça, je suis passée par là.

Qu'est-ce que je dois faire, à ton avis? Ses yeux ne me regardent pas, ils regardent par la fenêtre.

Je crois que tu devrais t'acheter une maison. Tu le mérites.

Il hoche la tête. Mais il faut que je le fasse plier pour le prix. Il sort ses cigarettes. Tu sais depuis combien de temps j'attends ça? Posséder une maison dans ce pays, c'est commencer à vivre.

Je tente de mettre le sujet de Virta sur le tapis mais il coupe court, comme toujours.

Je t'ai déjà dit que c'était fini, il me rembarre. Qu'est-ce que tu veux de plus? Un *maldito* cadavre? Vous les femmes, vous n'arrêtez jamais. Vous ne lâchez jamais prise.

Ce soir-là Ana Iris et moi allons au cinéma. On ne comprend pas l'anglais, ce qu'on aime, nous, c'est la propreté de la nouvelle moquette de la salle. Des zébrures de néon bleu et rose zigzaguent sur les murs comme des éclairs. On achète une boîte de pop-corn à partager et on fait entrer en douce des canettes de jus de tamarin de la *bodega*. Les gens autour de nous parlent; on parle aussi.

Tu as de la chance de partir, elle dit. Ces *cueros* vont me rendre dingue.

Il est encore un peu tôt pour ça, mais je dis : Tu vas me manquer, et elle se marre.

Tu commences une nouvelle vie. Tu n'auras pas le temps de me regretter.

Si. Je passerai sans doute te voir chaque jour.

Tu n'auras pas le temps.

Le temps, ça se trouve. Tu veux te débarrasser de moi ou quoi?

Otravida, otravez

Bien sûr que non, Yasmin. Ne sois pas bête. C'est pas pour tout de suite, de toute façon. Je me souviens de ce que Ramón avait répété encore et encore. Tout peut arriver.

On garde le silence pendant le reste du film. Je ne lui ai pas demandé ce qu'elle pensait de ma décision et elle n'a pas donné son avis. Chacune respecte le silence de l'autre à propos de certaines choses, tout comme je ne lui demande jamais si elle a l'intention de faire venir ses enfants un jour. Je ne sais pas ce qu'elle fera. Elle a eu des hommes qui ont, eux aussi, dormi dans notre chambre, mais ça n'a jamais duré très longtemps.

Nous rentrons du ciné à pied, serrées l'une contre l'autre, en faisant attention aux langues de glace scintillante qui balafrent la neige. Le quartier n'est pas sûr. Des types qui connaissent juste assez d'espagnol pour lâcher un juron s'attroupent au coin de la rue, l'œil mauvais. Ils traversent sans regarder au milieu de la circulation et quand on les croise, un gros dit : Je suis champion du monde de bouffage de chatte. *Cochino*, siffle Ana Iris, en posant la main sur moi. On passe devant mon ancien appart, celui au-dessus du bar, et je lève la tête, essayant de me souvenir à quelle fenêtre je regardais dehors. Viens, me dit Ana Iris. Ça caille.

Ramón a dû dire quelque chose à Virta, parce que les lettres s'arrêtent. Il faut croire qu'il y a du vrai dans le dicton : Tout vient à point à qui sait attendre.

Quant à la maison, c'est plus long que même moi ne l'imaginais. Il jette l'éponge une demi-douzaine de fois, raccroche le téléphone, lance son verre contre le mur et je m'attends à ce que ça tombe à l'eau, à ce que l'affaire ne se fasse pas. Et puis comme par miracle, elle se fait.

Regarde, il dit, brandissant le document. Regarde. Il est presque implorant.

Je suis vraiment heureuse pour lui. Tu y es arrivé, *mi amor*.

On y est arrivé, il dit doucement. Maintenant on peut commencer.

Guide du loser amoureux

Puis il pose la tête sur la table et pleure.

En décembre, on emménage dans la maison. Elle est à moitié délabrée et seules deux pièces sont habitables. Ça ressemble au premier logement que j'ai connu en arrivant dans ce pays. On n'a pas de chauffage de tout l'hiver, et pendant un mois il faut se laver au seau. *Casa de Campo,* j'appelle l'endroit par plaisanterie, mais il prend mal toute critique de son *niño.* C'est pas donné à tout le monde de posséder une maison, il me rappelle. J'ai économisé pendant huit ans pour ça. Il ne cesse de faire des travaux, s'introduit dans les propriétés abandonnées du pâté de maisons, en quête de matériaux. Chaque planche qu'il récupère, fanfaronne-t-il, c'est de l'argent économisé. Tous ces arbres n'y changent rien, le quartier n'est pas tranquille et nous faisons en sorte de fermer à clé en permanence.

Pendant quelques semaines des gens frappent à la porte pour demander si la maison est toujours à vendre. Certains sont des couples qui nourrissent autant d'espoirs que nous jadis. Ramón leur claque la porte au nez, comme s'il avait peur qu'ils le ramènent à leur condition. Mais quand c'est moi qui leur ouvre, je les traite avec ménagement. Non, elle n'est plus à vendre, je dis. Bonne chance dans vos recherches.

Voilà une chose que je sais : les gens ne perdent jamais espoir.

L'hôpital entame la construction d'une autre aile ; trois jours après que les grues ont encerclé notre bâtiment comme pour se prosterner, Samantha me prend à part. L'hiver l'a asséchée, elle a des mains de reptile et des lèvres si gercées qu'elles semblent à chaque instant sur le point de se crevasser. J'ai besoin d'emprunter de l'argent, elle murmure. Ma mère est malade.

La mère, comme toujours. Je me détourne.

S'il te plaît, elle supplie. On est du même pays.

C'est vrai. Du même pays.

Quelqu'un a bien dû te tirer d'affaire, un jour.

Otravida, otravez

Ça aussi, c'est vrai.

Le lendemain je lui prête huit cents dollars. La moitié de mes économies. Souviens-toi de ça.

Je m'en souviendrai, elle dit.

Elle est vraiment heureuse. Plus heureuse que moi quand j'ai emménagé dans la maison. J'aimerais être aussi libre qu'elle. Elle chante le restant de son service, des chansons de quand j'étais jeune, Adamo, des choses comme ça. Tout en restant égale à elle-même. Avant de pointer, elle me dit : Ne mets pas autant de rouge. Tes lèvres sont assez grosses comme ça.

Ana Iris éclate de rire. Cette fille t'a dit ça ?

Oui, elle me l'a dit.

Que desgraciada, elle lâche, non sans admiration.

À la fin de la semaine, Samantha ne revient pas au boulot. Je demande autour de moi mais personne ne sait où elle habite. Je ne me souviens pas qu'elle ait dit quoi que ce soit de révélateur lors de son dernier jour. Elle est partie aussi calmement que d'habitude, s'éloignant vers le centre-ville où elle prend son bus. Je prie pour elle. Je me souviens de ma première année, de ma volonté désespérée de rentrer au pays, du nombre de fois où j'ai pleuré. Je prie pour qu'elle reste, comme moi.

Une semaine. J'attends une semaine puis je laisse tomber. La fille qui la remplace est taciturne et grosse, et travaille sans s'arrêter ni se plaindre. Parfois, quand je suis mal lunée, j'imagine Samantha de retour au pays auprès des siens. De retour au pays, là où il fait chaud. Disant : Je n'y retournerai jamais. Rien ne me fera changer d'avis. Ni personne.

Certains soirs, quand Ramón travaille à la plomberie ou ponce le plancher, je lis les vieilles lettres en sirotant le rhum qu'on garde sous l'évier, et bien sûr je pense à elle, la femme de l'autre vie.

Je suis enceinte quand la lettre suivante finit par arriver. Par suivi du courrier, de l'ancienne adresse de Ramón à

Guide du loser amoureux

notre nouvelle maison. Je la tire du tas de lettres et l'observe. Mon cœur bat comme s'il était seul, comme s'il n'y avait rien d'autre en moi. Je veux l'ouvrir mais finalement j'appelle Ana Iris; il y a longtemps qu'on ne s'est pas parlé. Je regarde les haies pleines d'oiseaux en écoutant la sonnerie à l'autre bout du fil.

J'irais bien faire un tour, je lui dis.

Les bourgeons percent au bout des branches. Quand j'entre dans l'appart où nous habitions ensemble, elle m'embrasse et me fait asseoir à la table de la cuisine. Je ne connais que deux des colocs; les autres ont déménagé ou sont rentrées au pays. Il y a de nouvelles filles de l'Île. Elles vont et viennent, me remarquent à peine, épuisées par les promesses qu'elles ont faites. Je veux leur donner des conseils : aucune promesse ne survit à cette mer. Je fais bonne figure, et Ana Iris est maigre et usée. Elle n'est pas allée chez le coiffeur depuis des mois. Il lui arrive pourtant encore de sourire, d'un sourire qui s'allume avec une telle ardeur qu'on se demande comment il peut ne pas déclencher d'incendie. Une femme chante une *bachata* quelque part à l'étage, et sa voix qui nous parvient me rappelle la taille de cette maison, la hauteur de ses plafonds.

Tiens, me dit Ana Iris, me tendant une écharpe. Allons faire un tour.

J'ai la lettre entre les mains. La journée a la couleur des pigeons. Nos pas font craquer les plaques de neige qui s'étalent çà et là, formant une croûte mélangée au gravier et à la poussière. On attend que le flot de voitures ralentisse au feu pour s'élancer dans le parc. Les premiers mois que nous avons passés ensemble, Ramón et moi venions chaque jour dans ce parc. Pour se détendre après le boulot, il disait, mais je mettais chaque fois du vernis à ongles rouge. Je me souviens de la veille du jour où on a fait l'amour pour la première fois, j'étais sûre qu'on allait le faire. Il venait de me parler de sa femme et de son fils. Je retournais l'information dans ma tête, ne disais rien, laissant nos pieds nous guider.

74

Otravida, otravez

On a croisé un groupe de mômes qui jouaient au base-ball et à qui il a arraché la batte, fendant l'air avec pour s'échauffer, ordonnant aux garçons de s'éloigner. Je croyais qu'il allait se couvrir de ridicule et me suis reculée, prête à lui caresser le bras quand il tomberait ou quand la balle tomberait à ses pieds, mais il a frappé la balle d'un claquement sec de la batte en aluminium, l'envoyant bien au-delà des enfants d'un geste fluide du haut du corps. Les enfants ont levé les mains en l'air en criant et il m'a souri par-dessus leurs têtes.

Nous traversons le parc sans un mot avant de retraverser la voie rapide en direction du centre-ville.

Elle a recommencé à écrire, je dis, mais Ana Iris m'interrompt.

J'ai appelé mes enfants, elle dit. Elle me montre le type devant le palais de justice qui vend des cartes téléphoniques volées. Ils ont tellement grandi, elle me dit, que je ne reconnais presque plus leur voix.

Nous nous asseyons au bout d'un moment, je lui tiens la main et elle pleure. Il faudrait que je dise quelque chose mais je ne sais pas par où commencer. Elle va les faire venir ou bien elle repartira. Ça, c'est nouveau.

Il fait froid. On rentre. Notre étreinte à la porte d'entrée semble durer une heure.

Ce soir-là, je donne la lettre à Ramón et me force à sourire pendant qu'il la lit.

FLACA

Ton œil gauche disait merde à l'autre quand tu étais fatiguée ou contrariée. Il cherche quelque chose, tu disais, et à l'époque où on sortait ensemble il papillonnait et folâtrait tellement que tu étais obligée de poser le doigt dessus pour qu'il s'arrête. C'est ce que tu as fait quand je me suis réveillé et que je t'ai vue assise au bord de mon fauteuil. Tu portais encore ta tenue de prof mais tu avais tombé la veste et ton chemisier était assez ouvert pour me laisser voir le soutif noir que je t'ai offert et les taches de rousseur sur ta poitrine. On ignorait que c'était notre dernier jour, mais on aurait dû s'en douter.

Je viens d'arriver, tu as dit, et j'ai regardé dehors où tu avais garé ta Civic.

Va remonter les vitres.

Je repars tout de suite.

Tu vas te la faire voler.

Je m'en vais dans un instant.

Tu es restée sur ta chaise et je me suis bien gardé de m'approcher. Tu avais conçu tout un système très élaboré pour nous maintenir à distance du lit : tu t'asseyais à l'autre bout de la pièce, tu ne me laissais jamais te faire craquer les articulations, tu ne restais jamais plus d'un quart d'heure. Ça n'a jamais vraiment marché, pas vrai ?

Je vous ai apporté à manger, tu as dit. J'ai préparé des lasagnes pour ma classe, du coup j'ai apporté les restes.

Guide du loser amoureux

Ma chambre est petite et il y fait chaud, elle croule sous les bouquins. Tu ne voulais jamais y entrer (on se croirait dans une chaussette, tu disais) et chaque fois que mes colocs étaient dehors on dormait dans le salon, sur le tapis.

Tes cheveux longs te faisaient transpirer et tu as fini par retirer la main de ton œil. Sans t'arrêter de parler.

Aujourd'hui on m'a donné une nouvelle élève. Sa mère m'a dit de prendre soin d'elle parce qu'elle est voyante.

Voyante ?

Tu fais oui de la tête. J'ai demandé à la *señora* si la voyance lui facilitait les choses à l'école. Elle a dit : Pas vraiment, mais ça me les a quelquefois facilitées avec les résultats de la loterie clandestine.

Je suis censé rire mais je regarde dehors, où une feuille en forme de mitaine s'est coincée sur ton pare-brise. Tu es debout à côté de moi. Les premières fois que je t'ai vue, d'abord dans notre cours sur Joyce puis à la salle de gym, j'ai su que je t'appellerais *Flaca*. Si tu avais été dominicaine, ma famille se serait fait du mouron pour toi, aurait déposé des assiettes de nourriture devant ma porte. Des montagnes de *plátanos* et de *yuca*, enfouis sous du foie ou du *queso frito*. *Flaca*. Pourtant, tu t'appelais Veronica. Veronica Hardrada.

Les gars rentrent bientôt, je dis. Va au moins remonter les vitres.

Je file, tu dis en reposant la main sur ton œil.

*

Ce n'était pas censé devenir sérieux entre nous. Je vois mal comment on pourrait se marier ou quoi que ce soit, et tu as hoché la tête en disant que tu comprenais. Puis on a baisé pour faire comme si rien de blessant ne venait d'arriver. Ça devait être la cinquième fois qu'on se voyait, tu portais un fourreau noir et des sandales mexicaines et tu as dit que je pouvais t'appeler quand je voulais mais que, toi,

Flaca

tu ne m'appellerais pas. À toi de décider où et quand, tu as dit. Si ça ne tenait qu'à moi, on se verrait chaque jour.

Au moins tu as été franche, je ne peux pas en dire autant. En semaine, je ne t'appelais jamais, tu ne me manquais même pas. J'avais les gars et mon boulot chez Transaction Press pour m'occuper. Mais le vendredi et le samedi soir, quand je n'allais retrouver personne dans un club, j'appelais. On discutait jusqu'à ce que les silences se fassent longs, jusqu'à ce que tu finisses par demander : Tu veux me voir?

Je répondais oui et en t'attendant je disais à mes colocs, c'est juste une histoire de cul, vous savez, rien du tout. Et tu arrivais, avec des vêtements de rechange et une poêle à frire pour nous préparer le petit déj', peut-être ces cookies que tu faisais pour ta classe. Les gars tombaient sur toi à la cuisine le lendemain matin dans une de mes chemises, et au début ils ne se plaignaient pas, parce qu'ils se disaient que tu n'allais pas tarder à disparaître. Et quand ils ont commencé à faire des remarques, c'était déjà presque fini, pas vrai?

*

Je me souviens : les gars me tenaient à l'œil. Ils pensaient que deux ans, ce n'est pas rien, même si pendant tout ce temps je ne t'ai jamais officialisée. Mais le plus dingue c'est que je me sentais bien. J'avais l'impression que l'été avait pris possession de moi. Je leur ai dit que c'était la meilleure décision que j'aie jamais prise. On peut pas passer sa vie à baiser avec des blanches.

Dans certains groupes c'était plus qu'une évidence; pas dans le nôtre.

Dans ce cours sur Joyce tu ne disais jamais rien mais moi si, tout le temps, et une fois tu m'as regardé, je t'ai regardée, et tu as tellement rougi que même le prof l'a remarqué. Tu étais une prolo blanche des environs de Paterson, et ça se voyait dans ta façon d'être insensible à la mode et de souvent sortir avec des noirs. Je disais que tu avais un faible pour nous et tu répondais, furieuse : Non, c'est pas vrai.

Guide du loser amoureux

Mais tu avais bien un léger faible. Tu étais une blanche qui dansait la *bachata*, avait prêté serment à la SLU, était déjà allée trois fois à Saint-Domingue.

Je me souviens : tu proposais de me déposer chez moi avec ta Civic.

Je me souviens : la troisième fois, j'ai accepté. Nos mains se sont touchées entre les sièges. Tu as voulu me parler en espagnol, je t'ai demandé d'arrêter.

On se contente de parler, aujourd'hui. Je te dis : Peut-être qu'on devrait sortir avec les garçons, et tu secoues la tête. Je veux passer du temps avec toi, tu dis. Si on est encore ensemble, la semaine prochaine, peut-être.

C'est ce qu'on peut espérer de mieux. Pas de mots jetés à la figure, pas de mots qu'on pourrait regretter pendant des années. Tu me regardes pendant que je te brosse les cheveux. Chaque cheveu qui casse est long comme mon bras. Tu ne veux pas lâcher prise, mais tu ne veux pas non plus souffrir. Ce n'est pas la situation rêvée, mais que veux-tu que je te dise ?

On va à Montclair en voiture, presque seuls sur la route. Tout est calme et sombre et les arbres luisent de la pluie d'hier. À un moment, au sud du comté d'Orange, la route traverse un cimetière. Des milliers de tombes et de cénotaphes de chaque côté. Imagine, tu dis, montrant la maison la plus proche, que tu sois obligé d'habiter là.

Les rêves qu'on ferait, je dis.

Tu hoches la tête. Les cauchemars.

On se gare devant le marchand de cartes anciennes, puis on entre dans notre librairie. Malgré la proximité de la fac, nous sommes les seuls clients, nous et un chat à trois pattes. Tu t'assois dans une aile et commences à fouiller les boîtes. Le chat va droit sur toi. Je passe en revue les bouquins d'histoire. Tu es la seule personne que je connais qui tienne aussi longtemps que moi dans une librairie. Une intello comme on n'en croise pas tous les jours. Quand je te rejoins, tu as retiré tes chaussures et tu arraches les peaux mortes de tes

Flaca

pieds en lisant un livre pour enfants. Je te passe les bras autour des épaules. *Flaca*, je dis. Tes cheveux se soulèvent et s'accrochent à ma barbe de trois jours. Je ne suis jamais assez bien rasé pour personne.

Ça peut marcher, tu dis. Il suffit de le vouloir.

Ce dernier été-là, tu as voulu aller quelque part, alors je t'ai emmenée à Spruce Run ; on y allait quand on était petits. Tu te souvenais de l'année, et même du mois de tes séjours, pour ma part je ne me souvenais que d'une chose : j'étais petit.

Regarde la carotte sauvage, tu as dit. Tu étais penchée à la fenêtre dans la brise nocturne et j'ai posé la main sur ton dos au cas où.

On était soûls, tu ne portais que des jarretelles et des bas sous ta jupe et tu as mis ma main entre tes jambes.

Que venait faire ta famille ici ? tu as demandé.

J'ai regardé l'eau dans la nuit. On faisait des barbecues. Des barbecues dominicains. Mon père ne savait pas s'y prendre mais il était persévérant. Il cuisinait une sauce rouge dont il badigeonnait les *chuletas*, puis il invitait de parfaits inconnus à les manger. C'était horrible.

Je portais un cache sur l'œil quand j'étais petite, tu as dit. On s'est peut-être croisés par ici, on est peut-être tombés amoureux à l'occasion d'un mauvais barbecue.

Ça m'étonnerait.

Je disais ça comme ça, Yunior.

On était peut-être ensemble il y a cinq mille ans.

Il y a cinq mille ans j'étais au Danemark.

C'est vrai. Et la moitié de moi était en Afrique.

À faire quoi ?

Travailler la terre, j'imagine. C'est ce que tout le monde fait partout.

On était peut-être ensemble à une autre époque.

Je ne vois pas quand, j'ai dit.

Tu as essayé de ne pas me regarder. Il y a peut-être cinq millions d'années.

83

Guide du loser amoureux

L'homme n'était même pas encore un homme, à l'époque. Cette nuit-là tu es restée au lit, éveillée, au son des ambulances qui passaient en trombe dans la rue. La chaleur de ton visage aurait pu chauffer ma chambre pendant plusieurs jours. J'ignore comment tu faisais pour supporter la chaleur de ton corps, de tes seins, de ton visage. Je ne pouvais presque pas te toucher. Tout à coup tu as dit : Je t'aime. Ça ne mange pas de pain.

C'était l'été où je faisais des insomnies, l'été où je courais dans les rues de New Brunswick à quatre heures du mat'. Le seul moment où je faisais cinq kilomètres, quand il n'y avait pas de circulation et que les halogènes mettaient sur tout des reflets métalliques, faisant briller chaque trace d'humidité sur la carrosserie des voitures. Je me souviens avoir couru autour de Memorial Homes, le long de Joyce Kilmer, devant Throop, où le Camelot qui fut jadis un bar incroyable est condamné par des planches, calciné.

Je restais debout des nuits entières et quand le Vioque rentrait de chez UPS, je notais les horaires des trains qui arrivaient de Princeton Junction – on les entendait freiner depuis le salon, ça me mordait à la pointe du cœur. Je me disais que ces insomnies avaient une signification. C'était peut-être à cause du sentiment de *perte* ou de l'*amour*, ou de tout autre mot qu'on prononce une fois qu'il est trop tard, mais les gars n'étaient pas clients, question mélodrame. Ils m'ont écouté déblatérer et ils ont dit non. Et le Vioque encore plus. Divorcé à vingt ans, deux enfants à Washington, qu'il ne voit plus. Quand je le lui ai dit, il a fait : Écoute. Il y a quarante-quatre façons de surmonter ça. Il m'a montré ses ongles rongés.

On est retournés à Spruce Run une dernière fois. Tu t'en souviens ? Quand on n'arrêtait pas de se disputer et que ça se réglait toujours au lit, qu'on se déchirait comme si ça allait tout changer. Quelques mois plus tard, tu sortirais avec

Flaca

quelqu'un d'autre et moi aussi ; elle n'était pas plus sombre de peau que toi mais lavait ses culottes sous la douche et avait des cheveux qui ressemblaient à de petits *puños,* et la première fois que tu nous as vus, tu as fait demi-tour pour monter dans un bus que tu ne prends jamais d'habitude. Quand ma copine a demandé : C'était qui ? J'ai répondu : Oh, une fille.

Lors de ce second voyage j'étais sur la plage et je t'ai regardée te baigner, je t'ai regardée frotter tes bras menus et ton cou avec l'eau du lac. On avait la gueule de bois et je ne voulais pas me mouiller. Les eaux guérissent, m'as-tu expliqué. Le prêtre l'a annoncé pendant l'office. Tu en as gardé un peu dans une bouteille. Pour ton cousin qui a une leucémie et ta tante qui est malade du cœur. Tu portais le bas d'un bikini et un tee-shirt, et la brume gagnait les collines, s'immisçant dans les arbres. Tu es sortie de l'eau jusqu'à la taille et tu t'es arrêtée. Je t'ai dévisagée, tu m'as dévisagé et, à cet instant précis, ça a ressemblé à quelque chose comme de l'amour, non ?

Ce soir-là tu m'as rejoint au lit, incroyablement mince, et quand j'ai voulu embrasser tes seins tu as posé une main sur ma poitrine. Attends, tu as dit.

En bas, les gars regardaient la télé, vociféraient.

Tu as fait couler l'eau de ta bouche et elle était froide. Tu as atteint mon genou sans avoir besoin de reprendre de l'eau dans la bouteille. J'ai écouté ta respiration, si ténue, écouté le bruit de l'eau dans la bouteille. Et puis tu m'en as couvert la figure, l'aine et le dos.

Tu as murmuré mon nom complet, on s'est endormis enlacés et je me souviens que le lendemain tu étais partie, partie pour de bon, et qu'il ne restait ni dans mon lit ni dans la maison aucune trace de ton passage.

LE PRINCIPE PURA

Ces derniers mois… Impossible d'enjoliver la situation ou de nier la réalité : Rafa était mourant. À l'époque on était tout seuls moi et Mami pour s'occuper de lui et putain, on n'avait aucune idée de ce qu'il fallait faire ou dire. Du coup, on disait rien. Ma mère n'était pas du genre expansif, de toute façon, rien ne la perturbait – les emmerdes lui tombaient dessus et on ne savait jamais vraiment ce que ça lui faisait. Elle semblait encaisser, ne laissait jamais rien filtrer, aucune lumière, aucune chaleur. Moi, je n'aurais pas voulu en parler, même si elle en avait eu envie. Les quelques fois où mes potes à l'école avaient tenté d'aborder le sujet, je leur avais dit de se mêler de leurs affaires. D'aller voir ailleurs si j'y étais.

J'avais dix-sept ans et demi, et je fumais tellement d'herbe que si j'arrive à me souvenir d'une seule heure de cette époque, c'est déjà pas mal.

Ma mère aussi était déconnectée à sa façon. Elle s'épuisait – entre mon frère, l'usine et la maison, je ne suis pas sûr qu'elle trouvait le temps de dormir. (Je ne levais pas le petit doigt chez nous, sans blague, le privilège des hommes.) La daronne arrivait quand même à gratter quelques heures par-ci par-là pour passer du temps avec son nouvel homme, Jehovah. J'avais ma *yerba*, elle avait la sienne. Elle n'avait jamais été accro à l'Église, avant, mais dès qu'on a atterri sur

Guide du loser amoureux

la planète cancer elle en a tellement fait des caisses avec *Jesucristo* que je crois qu'elle se serait clouée toute seule sur une croix si elle en avait eu une sous la main. Cette dernière année, elle donnait dans l'Ave Maria. Son groupe de prières venait chez nous deux ou trois fois par jour. Les Quatre Guenons de l'Apocalypse, je les surnommais. La plus jeune et la plus vilaine des guenons s'appelait Gladys – on lui avait diagnostiqué un cancer du sein l'année d'avant, et en plein traitement son méchant mari s'était barré en Colombie pour y épouser une de ses cousines. Alléluia! Une autre femme, dont j'oubliais tout le temps le nom, n'avait que quarante-cinq ans mais en faisait quatre-vingt-dix, une véritable épave du ghetto : obèse, le dos foutu, les reins foutus, les genoux foutus, du diabète et peut-être une sciatique. Alléluia! Mais la championne toutes catégories était Doña Rosie, notre voisine du dessus, une *boricua* vraiment chouette, la personne la plus heureuse qu'on puisse imaginer, sauf qu'elle était aveugle. Alléluia! Il fallait faire gaffe avec elle parce qu'elle avait l'habitude de s'asseoir sans même vérifier s'il y avait quoi que ce soit qui ressemble à un siège sous elle, deux fois déjà elle avait raté le canapé et s'était retrouvée le cul par terre – la dernière fois en hurlant : *Dios mío, qué me has hecho?* – et il avait fallu que je rapplique du sous-sol pour l'aider à se relever. Ces *viejas* étaient les seules amies de ma mère – même les membres de la famille s'étaient fait rares au bout de deux ans – et les moments où elles étaient là étaient les seuls où Mami redevenait comme avant. Racontant avec plaisir ses blagues pourries du *campo*. Ne leur servant pas le café avant d'être sûre que chaque tasse contienne exactement la même quantité. Et quand l'une des Quatre se berçait d'illusions, elle le lui faisait comprendre d'un long *Bueeeennnnoooo*. Le reste du temps, elle était plus qu'insondable, en mouvement perpétuel : nettoyant, organisant, préparant le repas, allant au magasin rendre ceci, prendre cela. Les quelques fois où je la voyais lever le pied, elle posait une main sur ses yeux et c'est là que je comprenais qu'elle était épuisée.

90

Le principe Pura

Mais de nous tous, c'est à Rafa qu'allait le pompon. Quand il est rentré de l'hosto après sa deuxième séance, il a fait comme si de rien n'était. C'était dingue, vu que la moitié du temps il était à la ramasse à cause des effets des rayons sur son cerveau, et que l'autre moitié il n'avait même plus la force de péter. Il avait perdu dix kilos pendant la chimio, le mec, avait la touche d'un zombie champion de break-dance (mon frangin a été le dernier enfoiré du New Jersey à porter un survêt et une chaîne en or), il avait le dos zébré de cicatrices à cause des ponctions lombaires, mais il se la racontait toujours autant qu'avant la maladie; cent pour cent *loco*. Il s'enorgueillissait d'être le fou du quartier, ne comptait pas laisser une broutille comme le cancer se mettre en travers de ses attributions officielles. Il n'était pas sorti de l'hosto depuis une semaine qu'il a frappé à coups de marteau en pleine gueule un jeune sans-papiers péruvien, avant de se battre deux heures plus tard chez Pathmark parce qu'il croyait qu'un pauvre mec bavassait sur son compte, de cogner ledit pauvre mec dans le bide d'un direct du droit un peu faiblard avant que notre petite bande s'interpose. Mais putain! il gueulait, comme si ce qu'on faisait était complètement dingue. Les bleus qu'il s'est faits dans la bagarre étaient violets comme les marques d'une scie circulaire, des mini-vortex.

Il paradait, le mec. Ça avait toujours été un *papi chulo*, alors bien sûr il a replongé aussi sec dans les bras de ses anciennes *sucias*, les faisant descendre en douce au soussol, que ma mère soit là ou pas. Un jour, au beau milieu d'une séance de prières de Mami, il s'est pointé avec une nana de Parkwood qui avait le plus gros cul de la planète, après quoi je lui ai dit : Rafa, *un chín de respeto*. Il a haussé les épaules. Faut pas qu'on croie que je me laisse aller. Il traînait à Honda Hill et était tellement dans le brouillard en rentrant qu'on aurait dit qu'il parlait araméen. Ceux qui étaient dupes pouvaient croire qu'il était en voie de guérison. Je vais reprendre du poids, vous allez voir, voilà ce

Guide du loser amoureux

qu'il disait aux gens. Il demandait à ma mère de lui mixer d'ignobles préparations protéinées.

Mami faisait tout pour qu'il reste à la maison. Souviens-toi de ce qu'a dit le docteur, *hijo*. Mais lui répondait : *Ta to, maman, ta to*, et sortait en bondissant. Elle n'avait jamais prise sur lui. Avec moi elle gueulait, jurait et tapait, mais avec lui on aurait dit qu'elle passait une audition pour un rôle dans une *telenovela* mexicaine. *Ay mi hijito, ay mi tesoro.* J'étais accaparé par une petite blanche de Cheese-quake mais j'essayais aussi de lui faire lever le pied – Yo, t'es pas censé être en convalescence ou chais pas quoi ? – mais il me dévisageait de ses yeux morts.

Bref, après quelques semaines pied au plancher, ce crétin a fait une sortie de route. Il s'est mis à développer une toux explosive à trop passer la nuit dehors et a fini à l'hosto pendant deux jours – ce qui, malgré la durée de son dernier séjour (huit mois) n'était pas anodin – et à sa sortie, on a vu le changement. Il a arrêté de découcher et de picoler au point de dégobiller. Il a aussi arrêté de jouer les macs. Fini les nanas qui criaient à califourchon sur le canapé ou qui lui pompaient le *rabo* au sous-sol. La seule à s'être accrochée était une ex à lui, Tammy Franco, qu'il avait physiquement maltraitée pendant toute la durée de leur relation. Méchamment, avec ça. Deux années dignes d'une campagne de sensibilisation contre la violence conjugale. Elle le mettait parfois tellement en rage qu'il la traînait sur le parking par les cheveux. Une fois son pantalon s'est déboutonné, lui tombant sur les chevilles, même qu'on a vu sa *toto* et tout. C'est l'image que j'avais gardée d'elle. Après mon frère, elle avait sauté sur un petit blanc et s'était mariée en moins de deux. Une belle fille. Vous vous souvenez du morceau de José Chinga, « Fly Tetas » ? Tammy tout craché. Mariée, belle, et qui continuait à courir après mon frère. Ce qui était bizarre, c'est que les jours où elle passait, elle n'entrait pas chez nous, pas du tout. Elle garait sa Camry devant et il allait s'asseoir sur le siège passager de cette garce. C'était le

Le principe Pura

début des grandes vacances et tout en attendant que la blanche réponde à mes coups de fil, je les observais par la fenêtre de la cuisine, guettant le moment où il poserait la main sur la tête de la fille pour qu'elle se baisse sur son entrejambe, mais rien de tel n'arriva jamais. Ils n'avaient même pas l'air de discuter. Après quinze, vingt minutes, il descendait, elle s'en allait, et ça s'arrêtait là.

Mais qu'est-ce que vous foutez? Vous échangez des ondes?

Il passait le doigt sur ses molaires – les rayons lui en avaient déjà coûté deux.

Elle est pas mariée à un Polak? Elle a pas deux gamins?

Il m'a regardé. Qu'est-ce que t'en sais?

Rien.

Rien du tout. *Entonces cállate la boca*, putain.

C'était ce qu'il aurait dû faire depuis le début : se la couler douce, traîner dans la piaule, fumer toute mon herbe (il fallait que je me planque pour la fumer, alors que lui se roulait des joints dans le salon), regarder la téloche, dormir. Mami était aux anges. Elle rayonnait même de temps en temps. Elle disait à son groupe que *Dios Santísimo* avait répondu à ses prières.

Alabanza, disait Doña Rosie, en faisant rouler ses yeux comme des billes.

Je m'asseyais parfois à côté de lui quand les Mets jouaient, mais il ne disait jamais comment il se sentait, ni à quoi il s'attendait. Ce n'était qu'une fois couché, quand il avait des vertiges ou la nausée, que je l'entendais gémir : Qu'est-ce qui se passe, putain? Qu'est-ce que je fais? Qu'est-ce que je fais?

J'aurais dû me douter que c'était le calme avant la tempête. Moins de deux semaines après avoir soigné sa toux, il a disparu presque toute la journée, puis a déboulé dans l'appart en annonçant qu'il s'était trouvé un boulot à mi-temps.

Guide du loser amoureux

Un boulot à mi-temps? Tu débloques?

Faut bien s'occuper. Il a fait un grand sourire, nous montrant tous les trous. Faut que je me rende utile.

Fallait que ça tombe sur la Maison du Fil. D'abord, ma mère a fait comme si elle s'en lavait les mains. Tu veux te tuer, tue-toi. Mais plus tard, je l'ai entendue essayer de le raisonner dans la cuisine, une supplication monotone à voix basse jusqu'à ce que mon frère dise : M'man, si tu me fichais la paix, hein?

Un mystère absolu. Ce n'était pas comme si mon frère avait une éthique de travail si incroyable qu'il ait eu besoin de s'employer. Le seul boulot que Rafa ait jamais eu était de dealer aux petits blancs d'Old Bridge, et même ça il le faisait à reculons. S'il voulait s'occuper, il aurait pu s'y remettre – ça aurait été facile, et je le lui ai dit. On connaissait encore plein de petits blancs à Cliffwood Beach et Laurence Harbor, toute une clientèle de marginaux, mais il ne voulait pas. Qu'est-ce que je laisserais comme héritage?

Héritage? J'en croyais pas mes oreilles. Frérot, tu bosses à la Maison du Fil!

Ça vaut mieux qu'être dealer. Le deal c'est à la portée de n'importe qui.

Parce que vendre du fil, c'est réservé aux géants?

Il a posé les mains sur ses genoux. Les a observées. Vis ta vie, Yunior. Je vis la mienne.

Mon frère ne s'était jamais distingué par son esprit de logique, mais là, dans le genre barré, c'était quelque chose. J'ai mis ça sur le compte de l'ennui, de ces huit mois d'hosto. Des médocs qu'il prenait. Peut-être qu'il voulait simplement se sentir normal. Très franchement, tout ça avait l'air de l'emballer. Il se mettait sur son trente et un pour aller au boulot, peignait délicatement cette chevelure autrefois abondante que la chimio avait réduite à l'état de poils pubiens clairsemés. Il se donnait du temps, aussi. Fallait pas qu'il soit en retard. Chaque fois qu'il sortait, ma mère claquait la porte derrière lui, et si la Clique Alléluia était

Le principe Pura

dispo, elles se mettaient toutes à triturer leur chapelet. J'avais beau être totalement défoncé la plupart du temps ou courir après cette nana à Cheesequake, je me débrouillais quand même pour aller le voir quelquefois, simplement pour vérifier qu'il n'était pas face contre terre au rayon mohair. Une vision surréaliste. Le plus grand caïd du quartier courant vérifier les prix comme un demeuré. Je restais juste le temps de confirmer qu'il était encore vivant. Il faisait semblant de ne pas me voir ; je faisais comme s'il ne m'avait pas vu.

Quand il a rapporté à la maison sa première paie, il a jeté l'argent sur la table et a ri : Je vais faire sauter la banque, mon vieux.

Oh, oui, j'ai dit, et tu vas sauter avec elle.

Ça ne m'a pas empêché de lui demander vingt dollars un peu plus tard ce soir-là. Il m'a regardé puis les a lâchés. J'ai grimpé dans la voiture pour aller rejoindre Laura là où elle était censée être avec des amis mais, le temps que j'arrive, elle était partie.

Ce boulot absurde n'a pas duré. De toute façon, comment ça aurait pu ? Après avoir passé trois semaines à mettre de grosses blanches mal à l'aise à cause de son corps squelettique, il a commencé à avoir des trous de mémoire, à s'emmêler les pinceaux, à se tromper en rendant la monnaie, à invectiver les clients. Et pour finir, il s'est assis par terre au milieu d'un rayon et n'a plus réussi à se lever. Trop mal en point pour rentrer seul en voiture, du coup les gens de son boulot ont appelé à l'appart et m'ont tiré du lit. Je l'ai trouvé assis dans le bureau, la tête pendante, et quand je l'ai aidé à se lever, l'Espagnole qui s'occupait de lui s'est mise à bramer comme si je l'emmenais à la chambre à gaz. Il avait une fièvre de cheval. Je sentais la chaleur à travers le denim de son tablier.

Merde, Rafa, j'ai dit.

Il n'a pas levé les yeux. Il a marmonné : *Nos fuimos.*

Il s'est étendu sur la banquette arrière de sa Monarch et je l'ai ramené à la maison. J'ai l'impression de mourir, il a dit.

Guide du loser amoureux

Tu meurs pas. Mais si tu meurs laisse-moi la bagnole, d'acc'?

Je laisse mon bébé à personne. Je veux être enterré avec.

Dans ce tacot?

Oui. Avec ma télé et mes gants de boxe.

Quoi, tu te prends pour un pharaon?

Il a levé le pouce. Fais-toi enterrer dans le coffre, comme l'esclave que tu es.

La fièvre a duré deux jours, mais il lui a fallu une semaine pour aller un peu mieux, être en mesure de passer plus de temps sur le canapé qu'au lit. J'étais sûr que dès qu'il retrouverait sa mobilité il foncerait tête baissée à la Maison du Fil ou essaierait de s'engager dans les Marines ou un truc dans le genre. Ma mère partageait mes craintes. Elle ne ratait jamais l'occasion de lui dire que c'était hors de question. Je ne le permettrai pas. Ses yeux brillaient derrière ses verres teintés à la *Madres de Plaza de Mayo*. Moi, ta mère, je ne le permettrai pas.

Fiche-moi la paix, M'man. Fiche-moi la paix.

Ça se voyait qu'il préparait une connerie. Le point positif, c'est qu'il n'a pas essayé de retourner à la Maison du Fil.

Le point négatif, c'est qu'il a quitté la maison pour se marier.

Vous vous souvenez de cette Espagnole, celle qui avait chialé quand on était partis de la Maison du Fil? Bah, en fait, elle était dominicaine. Pas dominicaine comme mon frère ou moi, mais une vraie Dominicaine de la République dominicaine. Comme ces Dominicains sans papiers à peine débarqués. Con comme un balai, putain. Avant même que Rafa aille mieux, elle a commencé à se pointer, pleine de sollicitude et d'empressement; elle s'asseyait avec lui sur le canap' pour regarder Telemundo. (J'ai pas la télé, elle a annoncé, au moins vingt fois.) Elle habitait aussi London Terrace, le bâtiment 22, avec son jeune fils, Adrian, coincée dans une chambre minuscule qu'elle louait à un Gujarati,

Le principe Pura

donc c'était pas vraiment une épreuve pour elle de fréquenter ses *gente*, comme elle disait. Même si elle essayait d'avoir l'air convenable, de garder les jambes croisées, de servir du *Señora* à ma mère, Rafa s'est jeté sur elle comme une pieuvre. À sa cinquième visite, il l'emmenait au soussol, que la Clique Alléluia soit là ou pas.

Pura, elle s'appelait. Pura Adames.

Pura Mierda, comme l'appelait Mami.

Bon, je précise que je ne la trouvais pas si mal ; elle valait cent fois mieux que la plupart des traînées que mon frère avait ramenées. *Guapísima* en diable : grande et *indiecita*, des pieds immenses et un visage incroyablement expressif, mais contrairement aux autres beautés du quartier, Pura semblait ne pas savoir quoi faire de ses atouts, sincèrement perdue devant tant de charmes. Une *campesina* pur jus, de sa façon de se tenir à sa façon de parler, si péquenaude que je ne pigeais pas la moitié de ce qu'elle disait – elle utilisait régulièrement des mots comme *deguabino* et *estribao*. Elle bavassait à n'en plus finir si on la laissait faire, et elle était beaucoup trop spontanée : en moins d'une semaine elle nous avait raconté l'histoire de sa vie. Que son père était mort quand elle était petite ; que sa mère l'avait donnée en mariage quand elle avait treize ans, en échange d'une somme inconnue, à un radin de cinquante piges (avec qui elle avait eu son premier fils, Nestor) ; qu'après quelques années de cette atrocité elle avait eu l'occasion de quitter Las Matas de Farfán pour Newark, invitée par une *tía* qui voulait qu'elle s'occupe de son fils attardé et de son mari grabataire ; qu'elle s'était aussi enfuie de chez elle, parce qu'elle n'était pas venue à Nueba Yol pour être l'esclave de quiconque, plus jamais ; qu'elle avait passé les quatre années suivantes plus ou moins bringuebalée par les vents de la nécessité, entre Newark, Elizabeth, Paterson, Union City, Perth Amboy (où un taré de *cubano* l'avait mise en cloque de son second fils, Adrian), tout le monde profitant de sa nature pleine de bonté ; et voilà qu'elle avait atterri à

Guide du loser amoureux

London Terrace, tentant de rester à flot, en quête d'une nouvelle chance. Elle a fait un grand sourire à mon frère en disant ça.

On ne force pas vraiment les filles à se marier comme ça en République dominicaine, hein, Maman?

Por favor, a dit Mami. Ne crois pas un mot de ce que raconte cette *puta.* Mais une semaine plus tard, elle et les Guenons se lamentaient à propos de la fréquence de cette pratique au *campo,* Mami elle-même ayant dû batailler pour empêcher sa folle de mère de la troquer contre deux chèvres.

Bon, ma mère suivait un principe simple quand il s'agissait des « *amiguitas* » de mon frère : puisque aucune ne durait jamais, elle ne prenait même pas la peine de retenir leur nom, ne leur prêtait pas plus attention qu'à nos chats en République dominicaine. Mami n'était pas méchante avec elles ni rien. Si une fille disait bonjour, elle répondait bonjour, et si une fille était polie, Mami lui rendait la pareille. Mais la *vieja* ne dépensait pas plus d'un watt de sa personne. Elle était d'une indifférence inébranlable, inoxydable.

Pura, mon vieux, c'était une autre histoire. Dès le début, il fut clair que Mami ne pouvait pas saquer cette fille. Pas parce que Pura était totalement intéressée, faisant sans cesse référence à son statut d'immigrée – sa vie serait tellement meilleure, la vie de son fils serait tellement meilleure, elle pourrait enfin rendre visite à sa pauvre mère et à son autre fils à Las Matas, si seulement elle avait des papiers. Mami avait déjà eu affaire à des garces qui cherchaient des papiers, et ça ne l'avait jamais foutue en rogne comme ça. Quelque chose dans le visage de Pura, sa présence, sa personnalité, rendait Mami dingue. Elle prenait ça vraiment à cœur. À moins que Mami ait eu le pressentiment de ce qui allait arriver.

Quoi qu'il en soit, ma mère était super méchante avec Pura. Quand elle ne lui tombait pas dessus à cause de sa façon de s'exprimer, de s'habiller, de manger (la bouche

Le principe Pura

ouverte), de marcher, ou parce que c'était une *campesina,* qu'elle était *prieta,* Mami la traitait comme la femme invisible, marchait droit vers elle, la poussait de côté, ignorant ses questions les plus simples. Si elle était obligée de parler de Pura, c'était pour dire quelque chose du genre : Rafa, qu'est-ce que Puta veut manger? Même moi, je disais : Mais putain, M'man, qu'est-ce que...? Mais ce qui la rendait vraiment malade, c'était que Pura paraissait complètement inconsciente de son hostilité! Quoi que Mami fasse ou dise, Pura s'obstinait à vouloir parler avec elle. Au lieu de faire rétrécir Pura, les coups de dents de Mami semblaient ne la rendre que plus présente. Quand elle et Rafa étaient seuls, Pura était très taciturne, mais quand Mami était dans les parages, la nana avait un avis sur tout, prenait part à toutes les conversations, proférant des tombereaux d'inepties – que la capitale des États-Unis était New York ou qu'il n'y avait que trois continents – et le soutenant mordicus. On aurait pu croire qu'en présence de Mami elle ferait gaffe, se retiendrait, mais non. Elle prenait des libertés, la gazelle! *Búscame algo para comer,* elle me disait. Pas de s'il te plaît ou quoi qu'est-ce. Quand je ne lui donnais pas ce qu'elle voulait, elle allait se chercher du soda ou du flan. Ma mère lui arrachait la nourriture des mains, mais dès que Mami avait le dos tourné, Pura retournait se servir au frigo. Elle a même dit à Mami qu'elle ferait bien de repeindre l'appart. *Esta sala está muerta.*

Je ne devrais pas en rire, mais tout ça était quand même bien marrant.

Et les Guenons? Elles auraient pu un peu calmer le jeu, hein, mais elles en rajoutaient, genre : Rien à foutre, à quoi servent les amies sinon à faire de la provoc'? Chaque jour, elles battaient le rappel anti-Pura. *Ella es prieta. Ella es fea. Ella déjó un hijo en Santo Domingo. Ella tiene otro aquí. No tiene hombre. No tiene dinero. No tiene papeles. Qué tú crees que ella busca por aquí?* Elles brandissaient la menace de voir Pura tomber enceinte grâce au sperme citoyen de

Guide du loser amoureux

mon frère et que Mami doive pour toujours subvenir à ses besoins, ceux de ses enfants et de sa famille à Saint-Domingue, et Mami, cette même femme qui priait désormais avec la régularité des horaires de La Mecque, disait aux Guenons que si ça devait arriver elle se chargerait en personne d'arracher le fœtus du ventre de Pura.

Ten mucho cuidado, elle disait à mon frère. Je ne veux pas d'une bourrique dans cette maison.

Trop tard, a dit Rafa en me zieutant.

Mon frère nous aurait facilité la vie en ne faisant pas venir Pura si souvent ou en limitant sa présence aux moments où Mami bossait à l'usine, mais depuis quand était-il raisonnable? Il s'asseyait sur le canapé au milieu de la tension ambiante et semblait y prendre plaisir.

L'aimait-il autant qu'il l'affirmait? Difficile à dire. Il se conduisait assurément plus comme un *caballero* avec Pura qu'avec ses autres copines. Lui tenait la porte. Lui parlait poliment. Il était même gentil comme tout avec son bigleux de fils. Un paquet d'ex se seraient damnées pour avoir affaire à ce Rafa-là. C'était le Rafa qu'elles appelaient toutes de leurs vœux.

Roméo ou pas, je n'étais toujours pas convaincu que cette relation allait durer. Je veux dire, mon frère ne restait jamais avec la même fille, jamais; il avait régulièrement largué des nanas qui valaient mieux que Pura.

Et c'est ce qui sembla se produire. Au bout d'un mois, environ, Pura disparut tout simplement. Ma mère ne fêta pas l'événement, mais ne fut pas non plus malheureuse. Quelques semaines plus tard, mon frère disparut à son tour. Il prit la Monarch et s'évanouit sans laisser de trace. Parti un jour, deux jours. Mami commençait à flipper sérieusement. À demander aux Quatre Guenons d'envoyer un avis de recherche au Très-Haut. Je commençais à m'inquiéter, moi aussi, me souvenant qu'au moment du diagnostic il avait sauté dans sa caisse pour aller à Miami, retrouver un pote. Il n'avait pas atteint Philadelphie que la voiture l'avait lâché.

Le principe Pura

J'étais tellement inquiet que je suis allé chez Tammy Franco, mais quand son Polak de mari a ouvert la porte, j'ai perdu mon calme. J'ai fait demi-tour et je suis parti.

Le troisième soir on marinait à l'appart quand la Monarch s'est garée. Ma mère a couru à la fenêtre. Elle s'est accrochée si fort au rideau que ses phalanges ont viré au blanc. Il est là, elle a fini par dire.

Rafa est entré avec Pura à ses basques. De toute évidence, il était bourré et Pura fringuée comme s'ils venaient de sortir en boîte.

Bienvenue à la maison, a dit Mami, calmement.

Visez-moi ça, a dit Rafa en montrant sa main et celle de Pura.

Ils portaient une alliance.

On s'est mariés !

C'est officiel, a dit Pura en titubant, tirant le certificat de son sac à main.

Ma mère est passée d'un soulagement agacé à une impassibilité totale.

Elle est enceinte ? elle a demandé.

Pas encore, a dit Pura.

Elle est enceinte ? Ma mère a regardé mon frère droit dans les yeux.

Non, a dit Rafa.

Trinquons, a dit mon frère.

Ma mère a dit : Personne ne boit chez moi.

Moi, si. Mon frère s'est dirigé vers la cuisine mais ma mère l'a écarté du bras.

Maman, a dit Rafa.

Personne ne boit dans cette maison. Elle a repoussé Rafa. Si tu veux passer le reste de ta vie avec ça – un signe de la main en direction de Pura – alors, Rafael Urbano, je n'ai plus rien à te dire. Je te prie de partir de chez moi avec ta *puta*.

Le regard de mon frère s'est vidé. Je bouge pas d'ici.

Je veux que vous sortiez tous les deux.

Guide du loser amoureux

L'espace d'un instant, j'ai cru que mon frère allait lever la main sur elle. Je l'ai vraiment cru. Et puis toute la tension de ses muscles s'est relâchée. Il a entouré Pura de son bras (qui, pour une fois, avait l'air de comprendre que quelque chose clochait). *Ciao*, Maman, il a dit. Puis il est remonté dans la Monarch et a démarré.

Ferme la porte à clé fut tout ce qu'elle dit avant de retourner dans sa chambre.

Je n'aurais jamais cru que ça durerait aussi longtemps. Ma mère était incapable de résister à mon frère. Absolument incapable. Il pouvait faire n'importe quoi – et il en a fait, des conneries –, elle le soutenait toujours à cent pour cent, comme seule une maman latina peut le faire avec son *querido hijo* aîné. S'il s'était pointé un jour en disant : Salut, Maman, j'ai exterminé la moitié de la planète, je suis sûr qu'elle aurait pris sa défense : Bah, *hijo*, on était en surpeuplement. Il y avait l'aspect culturel, et le cancer, bien sûr, mais il fallait savoir que Mami avait fait deux fausses couches et qu'avant de tomber enceinte de Rafa on lui avait répété pendant des années qu'elle n'aurait jamais d'enfant ; mon frère lui-même avait failli mourir à la naissance, et jusqu'à ses deux ans Mami avait eu la peur morbide (du moins d'après mes *tías*) qu'il se fasse enlever. Il fallait aussi savoir qu'il avait toujours été le plus beau des garçons – elle l'avait toujours *consentido* – et alors seulement commençait-on à comprendre ce qu'elle éprouvait pour ce tordu. On entend des mères répéter à longueur de temps qu'elles mourraient pour leurs enfants, mais ma mère n'a jamais dit de trucs pareils. Elle n'en avait pas besoin. Quand il s'agissait de mon frère, c'était gravé sur son visage en caractères gothiques géants façon Tupac.

Alors oui, j'imaginais qu'après quelques jours elle craquerait, et que ça se terminerait par des étreintes et des embrassades (peut-être un coup de latte dans la gueule de Pura), et que l'amour reprendrait ses droits. Mais ma mère ne jouait

Le principe Pura

pas, et elle lui a redit la même chose la fois suivante, quand Rafa s'est pointé à la porte.

Je ne veux plus te voir ici. Mami a secoué fermement la tête. Va vivre avec ta *femme*.

Si j'étais surpris ? Il fallait voir la tête de mon frère. Il a eu du mal à encaisser. Je t'emmerde, alors, il a dit à Mami, et quand je lui ai dit de ne pas parler comme ça à maman il a fait : Toi aussi, je t'emmerde.

Rafa, arrête de déconner, j'ai dit en le suivant dans la rue. C'est pas sérieux – tu la connais même pas, cette nana.

Il n'écoutait pas. Quand je me suis approché de lui, il m'a frappé en pleine poitrine.

J'espère que tu kiffes l'odeur des hindous, je lui ai crié. Et celle des bébés foireux.

Maman, j'ai dit. Qu'est-ce que tu fais ?

C'est à lui qu'il faut poser la question.

Deux jours plus tard, Mami était au boulot et j'étais à Old Bridge avec Laura – ce qui se résumait à l'écouter me dire à quel point elle détestait sa belle-mère – quand Rafa est passé à l'appart récupérer le reste de ses affaires. Il a aussi pris son lit, la télé, et le lit de Mami. Les voisins qui l'ont vu nous ont raconté qu'il y avait un Indien pour lui donner un coup de main. Ça m'a tellement foutu en rogne que j'ai voulu appeler les flics, mais ma mère me l'a interdit. S'il veut vivre comme ça, je ne l'en empêcherai pas.

Génial, Maman, mais comment je fais, moi, putain, pour regarder mes séries ?

Elle m'a jeté un regard sévère. On a une autre télé.

En effet. On avait une trente-trois centimètres noir et blanc dont la molette de volume était définitivement bloquée sur deux.

Mami m'a demandé de descendre un matelas en trop de chez Doña Rosie. C'est vraiment terrible, ce qui arrive, a dit Doña Rosie. C'est pas grave, a fait Mami. Si tu savais sur quoi on dormait quand j'étais petite.

Quand j'ai revu mon frère dans la rue, il était avec Pura et le môme, il avait une sale gueule et flottait désormais dans

Guide du loser amoureux

ses vêtements. J'ai crié : Espèce d'enfoiré, à cause de toi Mami dort par terre, putain !

M'adresse pas la parole, Yunior, il a menacé. Ou je te tranche la gorge, putain.

Quand tu veux, mon frère, j'ai dit. Quand tu veux. Maintenant qu'il pesait cinquante kilos et que j'en faisais plus de quatre-vingts grâce à la muscu, je pouvais être *aguajero*, mais il a passé le doigt en travers de son cou.

Fiche-lui la paix, a supplié Pura, essayant de l'empêcher de s'en prendre à moi. Fiche-nous la paix.

Ah, salut Pura. On t'a pas encore foutue dans un charter ?

Mais mon frère a chargé et, cinquante kilos ou pas, j'ai décidé de ne pas pousser. J'ai déguerpi.

Je ne l'aurais pas cru, mais Mami a tenu bon. Elle allait au boulot. Assistait à son groupe de prière, passait le reste de son temps dans sa chambre. Il a fait son choix. Mais elle n'a jamais cessé de prier pour lui. Je l'ai entendue au sein du groupe demander au Seigneur de le protéger, de le soigner, de lui donner l'esprit de discernement. Parfois elle m'envoyait aux nouvelles sous prétexte de lui apporter des médicaments. J'avais la trouille, persuadé qu'il allait m'étriper sur le perron, mais ma mère insistait. Tu survivras, elle disait.

D'abord il fallait que le Gujarati me fasse entrer dans l'appart, puis il fallait que je frappe à sa porte et qu'on me dise d'entrer. Pura faisait le ménage, se pomponnait les jours de visite, mettait son fils sur son trente et un. Elle sortait le grand jeu. Viens dans mes bras. Comment vas-tu, *hermanito* ? Rafa, au contraire, avait l'air de s'en contrefoutre. Il était allongé sur le lit en calecif, ne m'adressait pas la parole, alors que j'étais assis au bord du lit avec Pura, expliquant soigneusement comment prendre telle ou telle pilule, Pura hochant la tête encore et encore sans avoir l'air de piger quoi que ce soit.

Puis je demandais à voix basse : Il mange ? Il a été malade ?

Pura regardait mon frère. Il a été *muy fuerte*.

Pas de vomissements ? Pas de fièvre ?

Le principe Pura

Pura faisait non de la tête.

Tant mieux, alors. Je me levais. Salut, Rafa.

Salut, tête de nœud.

Doña Rosie était toujours avec ma mère quand je revenais de mission, pour empêcher Mami d'avoir l'air désespérée. Quelle tête il a? demandait la Doña. Il a dit quelque chose?

Il m'a traité de tête de nœud. Plutôt bon signe, je dirais.

Un jour, alors que Mami et moi allions chez Pathmark, on a aperçu mon frère de loin, avec Pura et le gamin. Je me suis retourné pour les regarder et voir s'ils nous feraient signe, mais ma mère a continué sa route.

Septembre a marqué le retour au bahut. Et Laura, la blanche après qui je courais et à qui je filais de l'herbe gratos, a retrouvé son groupe d'amies habituelles. Elle me disait bonjour dans les couloirs, évidemment, mais soudain elle n'avait plus de temps à me consacrer. Mes potes trouvaient ça tordant. Faut croire que t'es pas l'élu de son cœur. Faut croire que c'est pas moi, j'ai dit.

Officiellement, j'étais en terminale, mais même ça c'était sujet à caution. On m'avait déjà orienté vers une filière courte – ce qui à Cedar Ridge était une façon de dire « tu n'iras pas à la fac » – et tout ce que je faisais, c'était lire, et quand j'étais trop défoncé pour lire je regardais par la fenêtre.

Après quelques semaines de ces conneries, je me suis remis à sécher les cours, raison pour laquelle on m'avait orienté vers la filière courte. Ma mère partait au boulot tôt le matin, rentrait tard, et ne savait pas lire un seul mot d'anglais, alors il n'y avait pas grand risque que je me fasse choper. C'est pour ça que j'étais à la maison le jour où mon frère a ouvert la porte et qu'il est entré dans l'appart. Il a sursauté en me voyant assis sur le canapé.

Qu'est-ce que tu fous là?

J'ai ri. Qu'est-ce que *toi* tu fous là?

105

Guide du loser amoureux

Il avait une sale gueule. D'abord il avait un bouton de fièvre noir au coin des lèvres, et ses yeux s'étaient enfoncés dans leur orbite.

Comment t'as fait pour te retrouver dans un état pareil ? T'as une gueule de déterré.

Il m'a ignoré et a filé dans la chambre de Mami. Je suis resté assis, l'ai entendu fouiller un moment, puis il est parti.

C'est arrivé deux autres fois. Ce n'est que la troisième fois qu'il est entré dans la chambre de Mami que mon cerveau d'attardé a compris ce qui se passait. Rafa piquait le fric que ma mère planquait dans sa chambre ! Il était dans une petite boîte de métal qu'elle changeait souvent de place mais dont je gardais la trace au cas où j'aurais besoin de quelques billets vite fait.

Je suis allé dans la chambre pendant que Rafa furetait dans la penderie, j'ai sorti la boîte d'un des tiroirs et l'ai glissée sous mon bras.

Il est sorti de la penderie. Il m'a regardé, je l'ai regardé. Donne-la-moi, il a dit.

T'auras que dalle.

Il m'a attrapé. À toute autre période de notre vie, y aurait pas eu photo – il m'aurait brisé les os – mais les règles avaient changé. Je n'arrivais pas à savoir ce qui était le plus génial : l'exaltation de le battre dans une épreuve de force pour la première fois de ma vie ou la peur de le faire.

On a renversé quelques trucs par-ci par-là, mais je l'ai empêché de prendre la boîte et il a fini par laisser tomber. J'étais prêt pour un second round, mais il tremblait.

Très bien, il a haleté. Garde le fric. Mais t'en fais pas. Je m'occuperai de toi très bientôt, monsieur le Caïd.

Je suis terrifié, j'ai dit.

Ce soir-là, j'ai tout raconté à Mami. (En insistant évidemment sur le fait que tout s'était passé *après* mon retour du bahut.)

Elle a allumé le gaz sous les haricots qu'elle avait laissés tremper le matin même. Ne te bats pas avec ton frère, s'il te plaît. Qu'il prenne ce qu'il veut.

Le principe Pura

Mais il vole notre argent!
Qu'il le prenne.
Mon cul, j'ai dit. Je vais changer la serrure.
Il n'en est pas question. C'est aussi chez lui.
Tu te fous de moi, Maman? J'étais sur le point d'exploser,
quand soudain j'ai compris.
Maman?
Oui, *hijo.*
Ça fait combien de temps qu'il fait ça?
Qu'il fait quoi?
Qu'il prend de l'argent.
Elle m'a tourné le dos, alors j'ai posé la petite boîte de
métal par terre et je suis sorti fumer une clope.

Début octobre, on a reçu un appel de Pura. Il ne va pas
bien. Ma mère a hoché la tête, et je suis allé vérifier. Tu
parles d'une litote. Mon frère faisait carrément des crises de
délire. Il brûlait de fièvre et quand j'ai posé les mains sur lui,
il m'a regardé sans me reconnaître. Pura était assise au bord
du lit, son fils dans les bras, faisant mine d'être très inquiète.
Donne-moi les clés, putain, j'ai dit, mais elle a souri faible-
ment. On les a perdues.
Elle mentait, bien sûr. Elle savait que si je prenais les clés
de la Monarch, elle pouvait dire adieu à la bagnole.
Il n'était pas en état de marcher. C'est tout juste s'il arrivait
à remuer les lèvres. J'ai tenté de le porter mais je n'y arrivais
pas, pas à dix rues de là, et pour la première fois dans l'histoire de notre quartier, il n'y avait personne à la ronde.
Entre-temps, Rafa avait complètement perdu la boule et je
me suis mis à flipper pour de bon. Je me suis dit : Il va crever
là. Et puis j'ai repéré un Caddie. Je l'y ai traîné et l'ai mis
dedans. Ça va bien, je lui ai dit. Ça va super. Pura nous a
observés depuis le perron. Il faut que je m'occupe d'Adrian,
elle a expliqué.
Toutes les prières de Mami ont dû finir par payer, parce
qu'un miracle a eu lieu ce jour-là. Devinez qui était garée

Guide du loser amoureux

devant l'appart, qui s'est pointée en courant quand elle a vu ce que j'avais dans le Caddie, qui nous a emmenés, Rafa, moi, Mami et toutes les Guenons à Beth Israel?

Exactement : Tammy Franco. *Alias Fly Tetas.*

Ils l'ont gardé longtemps. Beaucoup de choses sont arrivées pendant et après, mais il n'y a plus eu de filles. Cette période de sa vie était révolue. De temps à autre, Tammy lui rendait visite à l'hôpital, mais ils gardaient leurs vieilles habitudes; elle s'asseyait sans dire un mot, lui non plus ne disait pas un mot et au bout d'un moment elle s'en allait. Mais putain, qu'est-ce que...? Je demandais à mon frère, mais il ne donna jamais d'explication, ne dit jamais le moindre mot.

Quant à Pura – qui a rendu visite à mon frère à peu près zéro fois pendant qu'il était à l'hôpital –, elle est passée chez nous une dernière fois. Rafa était encore à Beth Israel, du coup rien ne m'obligeait à accepter de lui ouvrir, mais j'aurais trouvé bête de ne pas le faire. Pura s'est assise sur le canapé et a voulu tenir les mains de ma mère, mais Mami ne s'en est pas laissé conter. Adrian l'accompagnait, et le petit *manganzón* s'est immédiatement mis à courir partout et à tout faire tomber, et il a fallu que je me retienne de ne pas lui mettre un bon coup de pied au cul. Sans jamais cesser de nous gratifier de ses yeux de pauvre petite fille éplorée, Pura a expliqué que Rafa lui avait emprunté de l'argent et qu'elle en avait besoin; sans quoi elle allait perdre son appartement.

Oh, *por favor,* j'ai craché.

Ma mère l'a bien regardée. Combien?

Deux mille dollars.

Deux mille dollars. Dans les années quatre-vingt... Cette garce était en plein délire.

Ma mère a hoché la tête pensivement. À ton avis, qu'est-ce qu'il a fait de cet argent?

Je ne sais pas, a murmuré Pura. Il ne me disait jamais rien.

Le principe Pura

Et là elle a souri, putain.

Cette fille était un vrai génie. Mami et moi étions décomposés, mais elle restait là comme si de rien n'était, confiante au possible – maintenant que tout était fini elle ne prenait même plus la peine de dissimuler. J'aurais applaudi si j'en avais eu la force, mais j'étais trop déprimé.

Mami n'a rien dit pendant un moment, puis elle est allée dans sa chambre. J'ai cru qu'elle allait se pointer avec la police d'assurance de mon père pour les samedis soir, la seule chose de lui qu'elle avait gardée après son départ. Pour nous protéger, elle disait, mais plus probablement pour tirer sur mon père si jamais elle le revoyait. Je regardais le môme de Pura envoyer valdinguer joyeusement le programme télé. Je me demandais si ça allait lui plaire d'être orphelin. Et puis ma mère est ressortie, un billet de cent dollars à la main.

Maman, j'ai dit d'une voix faible.

Elle a tendu le billet à Pura mais sans le lâcher. Pendant une minute elles se sont dévisagées, puis Mami a lâché le billet, l'intensité entre elles était si forte que le papier a claqué.

Que Dios te bendiga, a dit Pura, rajustant son haut sur sa poitrine avant de se lever.

Plus aucun d'entre nous n'a revu Pura ou son fils ou notre voiture ou notre télé ou nos lits ou la somme d'argent indéterminée que Rafa avait volée pour elle. Elle a déguerpi de Terrace peu de temps avant Noël sans laisser d'adresse. Le Gujarati me l'a dit quand je suis tombé sur lui chez Pathmark. Il était encore en pétard parce que Pura l'avait entubé de presque deux mois de loyer.

C'est la dernière fois que je loue à vos semblables.

Amen, j'ai dit.

On aurait pu croire que Rafa allait se sentir tout penaud, quand il finirait par sortir. Tu parles. Il n'a pas dit un mot à propos de Pura. N'a pas dit grand-chose, de façon générale.

Guide du loser amoureux

Je crois qu'il savait pour de bon que son état ne s'améliorerait pas. Il regardait beaucoup la télé et allait parfois se promener d'un pas lent jusqu'à la décharge. Il s'est mis à porter un crucifix, mais il a refusé de prier ou de rendre grâce à Jésus, comme le lui demandait ma mère. Les Guenons s'étaient remises à venir chez nous presque chaque jour, mon frère les regardait et disait pour se marrer : J'emmerde Jésus, ce qui ne faisait que renforcer leur ardeur à la prière.

J'essayais de l'éviter. Je m'étais finalement mis avec une fille qui n'arrivait pas à la cheville de Laura, mais qui m'aimait bien, au moins. Elle m'avait initié aux champignons et c'est comme ça que je passais mon temps au lieu d'aller au bahut, à me défoncer avec elle. L'avenir planait tellement loin au-dessus de ma tête.

Quelquefois, quand Rafa et moi étions seuls devant un match, je tentais de discuter avec lui mais il ne répondait jamais. Il avait perdu tous ses cheveux et portait une casquette des Yankees, même à l'intérieur.

Et puis environ un mois après sa sortie de l'hosto, je rentrais à la maison avec un litre de lait, défoncé et pensant à ma nouvelle copine, quand soudain ma tête a explosé. Tous les circuits de mon cerveau ont fondu. Aucune idée du temps que j'ai passé par terre, mais un rêve et demi plus tard j'ai repris connaissance à genoux, le visage en feu, avec entre les mains non le lait mais un énorme cadenas.

Ce n'est qu'après être rentré à la maison et que Mami a posé une compresse sur la boule que j'avais sous la joue que j'ai compris. Quelqu'un m'avait jeté le cadenas dessus. Quelqu'un qui, quand il jouait encore au base-ball dans l'équipe de notre lycée, faisait des lancers chronométrés à cent cinquante kilomètres-heure.

C'est dingue, s'est esclaffé Rafa. Ça aurait pu t'arracher un œil.

Plus tard, quand Mami est allée se coucher, il m'a regardé posément : Je t'avais pas dit que je m'occuperais de toi ? Je te l'avais pas dit ?

Et il s'est marré.

INVIERNO

Du bout de Westminster, notre grande avenue, on apercevait le minuscule éclat de l'océan former une crête au contact de l'horizon, à l'est. On avait montré cette vue à mon père – la direction d'entreprise la montrait à tout le monde – mais en nous ramenant de JFK en voiture, il ne s'arrêta pas pour nous la faire voir. L'océan nous aurait peut-être remonté le moral, vu ce qu'il y avait d'autre à voir. London Terrace était dans un sale état; la plupart des immeubles n'avaient toujours pas l'électricité et dans la lumière du soir leurs carcasses s'affalaient comme autant de vaisseaux de brique échoués. Partout, la boue succédait au gravier, et le gazon, planté à la fin de l'automne, perçait la neige en touffes jaunies.

Chaque immeuble a sa buanderie, a expliqué Papi. Mami a vaguement sorti le nez de sa parka en hochant la tête. C'est merveilleux, elle a dit. J'observais la couche de neige s'accumuler, terrifié, et mon frère faisait craquer ses phalanges. C'était notre premier jour aux États-Unis. Le monde se transformait en glaçon.

Notre appartement nous a paru immense. Rafa et moi avions une chambre à nous et la cuisine, avec son réfrigérateur et son réchaud, faisait à peu près la taille de notre maison à Sumner Welles. On n'a pas arrêté de grelotter jusqu'à ce que Papi fasse monter la température de l'appart

113

Guide du loser amoureux

à vingt-cinq degrés. Des gouttes s'agglutinaient aux fenêtres comme des abeilles et il fallait essuyer la vitre pour voir dehors. Rafa et moi étions élégants dans nos habits neufs et on voulait sortir, mais Papi nous a dit de retirer nos chaussures et nos parkas. Il nous a mis devant la télé, ses bras maigres étonnamment poilus jusqu'aux manches de sa chemisette. Il nous a simplement montré comment tirer la chasse, ouvrir les robinets et utiliser la douche.

C'est pas un bidonville ici, a commencé Papi. Je veux que vous traitiez tout avec respect. Je ne veux pas vous voir jeter vos ordures par terre ou dans la rue. Je ne veux pas vous voir faire pipi dans les buissons.

Rafa m'a donné un coup de coude. À Saint-Domingue je pissais partout, et la première fois que Papi m'avait vu en pleine action, arrosant le coin d'une rue, le soir de son retour triomphal, il avait gueulé : Bon dieu de *carajo*, qu'est-ce que tu fabriques ?

Il y a des gens bien qui vivent ici, et c'est comme ça qu'on va vivre. Vous êtes américains, maintenant. Il avait sa bouteille de Chivas Regal sur le genou.

Après avoir attendu quelques secondes pour montrer que, oui, j'avais digéré tout ce qu'il avait dit, j'ai demandé : On peut sortir, maintenant ?

Si vous m'aidiez à ranger nos affaires ? a suggéré Mami. Ses mains étaient immobiles ; en général, elles trituraient un bout de papier, une manche de chemise, ou se trituraient l'une l'autre.

On sort pas longtemps, j'ai dit. Je me suis levé pour enfiler mes chaussures. Si j'avais connu un tant soit peu mon père je ne lui aurais jamais tourné le dos. Mais je ne le connaissais pas : il avait passé les cinq dernières années aux États-Unis pour son travail et on avait passé les cinq dernières années à Saint-Domingue à attendre. Il m'a attrapé par l'oreille et m'a tiré violemment sur le canapé. Il n'avait pas l'air content.

Tu sortiras quand j'estimerai que tu es prêt.

Invierno

Je me suis tourné vers Rafa qui gardait le silence, assis devant la télé. Sur notre Île, on prenait le *guagua* tout seul dans la capitale. J'ai levé les yeux sur Papi, son visage étroit pas encore familier. Ne me regarde pas comme ça, il a dit.

Mami s'est levée. Les enfants, donnez-moi donc un coup de main.

Je n'ai pas bougé. À la télé, le son étouffé d'une discussion entre les présentateurs du journal nous parvenait. Ils répétaient sans cesse le même mot. Plus tard, quand j'irais à l'école, j'apprendrais que le mot qu'ils prononçaient était Viêtnam.

Puisqu'on n'avait pas le droit de sortir – il fait trop froid, a dit Papi un jour, la vraie raison étant qu'il voulait que ce soit comme ça et pas autrement –, on a passé notre temps devant la télé ou à regarder la neige tomber, les premiers jours. Mami a tout lavé une bonne dizaine de fois et nous a préparé des repas sacrément recherchés. On s'ennuyait tous au-delà des mots.

Très vite, Mami a décidé que regarder la télé nous serait bénéfique ; ça permettait d'apprendre la langue. Elle voyait nos esprits comme des tournesols brillants et couverts d'épines qui avaient soif de lumière, et nous plaçait le plus près possible de la télé pour avoir la meilleure exposition. On regardait les infos, les séries, les dessins animés, *Tarzan*, *Flash Gordon*, *Jonny Quest*, *Les Herculoïdes*, *Bonjour Sésame* – huit à neuf heures de télé par jour, mais c'est *Bonjour Sésame* qui nous a donné nos meilleures leçons. Chaque fois que mon frère et moi apprenions un mot, on se l'échangeait, le répétant encore et encore, et quand Mami nous demandait de lui montrer comment le prononcer, on secouait la tête en lui disant : T'inquiète.

Dites-moi, elle insistait, et quand on prononçait le mot lentement, produisant de grands sons paresseux qui s'envolaient comme des bulles de savon, elle ne réussissait jamais à les reproduire. Ses lèvres semblaient torturer jusqu'aux voyelles les plus simples. On comprend rien, je disais.

Guide du loser amoureux

Qu'est-ce que vous connaissez à l'anglais? elle demandait.

Pendant le dîner, elle a voulu tester son anglais avec Papi, mais il s'est contenté d'engloutir son *pernil*, qui n'était pas le plat que ma mère réussissait le mieux.

Je comprends rien à ce que tu racontes, il a fini par dire. Il vaut mieux que ce soit moi qui parle anglais.

Comment veux-tu que j'apprenne?

Tu n'as pas besoin de l'apprendre, il a dit. D'ailleurs, apprendre l'anglais n'est pas à la portée de n'importe quelle femme.

C'est une langue difficile à maîtriser, il a dit, d'abord en espagnol, puis en anglais.

Mami n'a plus rien dit. Le lendemain matin, dès que Papi est sorti de l'appartement, Mami a allumé la télé et nous a mis devant. Il faisait toujours froid le matin et se lever était une vraie torture.

Il est trop tôt, on disait.

C'est comme aller à l'école, elle répondait.

Non, pas du tout, on disait. D'habitude, on allait à l'école à midi.

Vous passez votre temps à vous plaindre. Elle restait debout derrière nous, et quand je me retournais elle articulait en silence les mots qu'on apprenait, tentait de les comprendre.

Même les bruits que faisait Papi le matin étaient bizarres, pour moi. J'étais au lit et j'entendais son pas traînant dans la salle de bains, comme s'il était soûl ou je ne sais quoi. J'ignorais ce qu'il faisait chez Reynolds Aluminium, mais il avait un tas d'uniformes dans son placard, tous maculés d'huile de moteur.

Je m'attendais à un père différent, un père de deux mètres, assez riche pour racheter notre *barrio* tout entier, mais ni sa taille ni son visage ne sortaient de l'ordinaire. Il avait débarqué chez nous à Saint-Domingue dans un taxi

Invierno

déglingué et les cadeaux qu'il nous avait faits étaient des babioles – des pistolets et des toupies en plastique – qui n'étaient plus de notre âge et qu'on avait cassés sur-le-champ. Même s'il nous avait pris dans ses bras et nous avait invités à dîner sur le *Malecón* – les premiers steaks de notre vie –, je ne savais pas trop quoi penser de lui. Un père, c'est toujours difficile à cerner.

Ces premières semaines aux États-Unis, quand Papi était à la maison, il passait la plupart de son temps en bas à lire ses bouquins ou à regarder la télé. Il ne nous disait pas grand-chose sinon pour parler discipline, ce qui ne nous étonnait pas. On avait vu d'autres pères en action, on comprenait les principes de la manœuvre.

Mon frère, il l'empêchait simplement de crier ou de renverser des choses. Mais moi, ce qu'il me reprochait le plus, c'étaient mes lacets. Papi était tatillon avec les lacets. Je n'arrivais pas à les nouer convenablement, et quand je faisais un nœud phénoménal, Papi se penchait et le défaisait d'un coup sec. Au moins, t'as un avenir de magicien, disait Rafa, mais c'était un vrai souci. Rafa m'a appris à les faire, et je me suis dit : Parfait, et j'y arrivais devant lui, mais quand Papi me soufflait sur la nuque, la main au ceinturon, j'en étais incapable ; je regardais mon père comme si mes lacets étaient des fils sous tension qu'il voulait que je touche en même temps.

J'en ai rencontré des idiots à LaGuardia, disait Papi, mais tous sans exception savaient faire leurs putains de lacets. Il regardait Mami. Pourquoi il n'y arrive pas ?

Ce n'était pas le genre de question qui appelait une réponse. Elle baissait les yeux, scrutait les veines au dos de ses mains. L'espace d'un instant, les yeux de tortue humides de Papi croisaient les miens. Me regarde pas comme ça, il disait.

Même quand j'arrivais à faire un nœud d'attardé mental à peu près correct, comme disait Rafa, Papi trouvait à redire sur mes cheveux. Alors que les cheveux de Rafa étaient

Guide du loser amoureux

raides et glissaient sous le peigne comme dans les rêves des grands-parents caribéens, mes cheveux avaient un côté africain assez prononcé pour me condamner à un éternel démêlage et à une coiffure d'un autre monde. Ma mère nous coupait les cheveux tous les mois, mais cette fois-là, quand elle m'a fait asseoir, mon père lui a dit de ne pas s'embêter.

Il n'y a qu'une seule chose à faire, il a dit. Toi, va t'habiller.

Rafa m'a suivi dans la chambre et m'a regardé boutonner ma chemise. Il serrait les lèvres. J'ai commencé à m'inquiéter. Qu'est-ce qui va pas? j'ai demandé.

Rien.

Alors me regarde pas comme ça. Quand j'ai mis mes chaussures, il a fait les lacets à ma place. À la porte, mon père a baissé les yeux sur moi et a dit : Tu t'améliores.

Je savais où était garée la camionnette mais je suis parti de l'autre côté pour avoir un aperçu du quartier. Papi n'a pas remarqué mon absence avant que je tourne au coin de la rue, et quand il a grommelé mon nom j'ai fait demi-tour en vitesse, mais j'avais eu le temps d'apercevoir les terrains et les enfants dans la neige.

Je me suis assis sur le siège passager. Il a mis une cassette de Jonny Ventura dans l'autoradio et s'est lentement dirigé vers la Route 9. La neige s'amoncelait en congères boueuses au bord de la route. Y a pas pire que la vieille neige, il a dit. C'est beau quand ça tombe mais une fois que c'est par terre, ça vire à la bouillasse.

Y a des accidents comme quand il pleut?

Pas quand c'est moi qui conduis.

Les quenouilles sur les berges du Raritan étaient raides et de la couleur du sable, et quand on a traversé le fleuve, Papi a dit : Je travaille dans la ville suivante.

On est allés à Perth Amboy pour bénéficier des services d'un homme de talent, coiffeur portoricain nommé Rubio qui savait s'y prendre avec le *pelo malo*. Il m'a appliqué deux ou trois crèmes sur le crâne et m'a fait attendre un

Invierno

moment avec la mousse sur la tête; après que sa femme m'a rincé, il a regardé ma tête dans le miroir, a tiré sur mes cheveux, frotté une lotion et a fini par pousser un soupir.

Il vaut mieux tout raser, a dit Papi.

J'ai d'autres trucs qui peuvent marcher.

Papi a regardé sa montre. Rase-le.

Très bien, a dit Rubio. J'ai regardé la tondeuse me labourer les cheveux, vu apparaître mon cuir chevelu, tendre et sans défense. Un des clients de la salle d'attente a poussé un grognement et disparu derrière son journal. J'avais la nausée; je ne voulais pas qu'il me rase, mais qu'est-ce que je pouvais dire à mon père? Je ne trouvais pas les mots. Quand Rubio a fini, il m'a massé le cou avec du talc. Maintenant t'es *guapo*, il a dit, tout sauf convaincu. Il m'a tendu une tablette de chewing-gum que mon frère me piquerait dès qu'on serait rentrés.

Alors? a demandé Papi.

C'est trop court, j'ai dit avec franchise.

C'est mieux comme ça, il a dit, en payant le coiffeur.

Dès qu'on s'est retrouvés dehors, le froid m'a enserré la tête comme une croûte de terre gelée.

On est rentrés sans un mot. Un pétrolier revenait au port sur le Raritan et je me suis demandé s'il y avait moyen de se glisser à bord pour disparaître.

Tu aimes les *negras*?

Je me suis retourné pour regarder les femmes qu'on venait de croiser. En revenant vers lui, j'ai compris qu'il attendait une réponse, qu'il voulait savoir, et malgré mon envie de répondre que je n'aimais pas les filles, quelles qu'elles soient, j'ai dit : Oh oui, et il a souri.

Elles sont belles, il a dit en allumant une cigarette. Elles sont aux petits soins comme personne.

Rafa s'est marré quand il m'a vu. T'as l'air d'un gros pouce.

Dios mío, a dit Mami, me tournant et me retournant. Pourquoi tu lui as fait ça?

Ça lui va bien, a dit Papi.

Guide du loser amoureux

En plus, il va attraper froid.
Papi m'a passé sa main froide sur le crâne. Ça lui plaît, il a dit.

Papi faisait des semaines de cinquante heures au boulot et, ses jours de repos, il exigeait le silence, mais mon frère et moi avions trop d'énergie à revendre pour rester silencieux ; ça ne nous dérangeait pas de transformer nos canapés en trampolines à neuf heures du matin, pendant que Papi dormait. Dans notre vieux *barrio* on avait l'habitude des gens qui écoutent du *merengue* à fond vingt-quatre heures sur vingt-quatre. Nos voisins du dessus, qui n'arrêtaient pourtant pas de s'engueuler comme du poisson pourri, tapaient du pied à notre intention. Vous allez la boucler tous les deux ? après quoi Papi sortait de sa chambre, calecif déboutonné, et disait : Qu'est-ce que je vous ai dit ? Combien de fois je vous ai répété de ne pas faire de bruit ? Il avait la main leste et on passait des après-midi entiers dans le Couloir de la Punition – notre chambre – où il fallait rester allongés sur notre lit sans en bouger, parce que s'il déboulait et nous surprenait à la fenêtre, regardant la neige immaculée, il nous tirait par l'oreille et nous collait une baffe, et on finissait au coin, à genoux pendant des heures. Si on passait outre, qu'on le prenait à la légère ou qu'on trichait, il nous forçait à nous agenouiller sur la plaque hérissée d'une râpe, et ne nous autorisait à nous lever que quand on saignait et gémissait.

Maintenant vous allez vous taire, il disait, satisfait, et on s'allongeait sur le lit, les genoux en feu à cause de l'iode, attendant qu'il parte au boulot pour poser les mains sur le carreau froid de la fenêtre.

On regardait les enfants du quartier faire des bonshommes de neige et des igloos, des batailles de boules de neige. J'ai parlé à mon frère du terrain vague que j'avais vu, vaste dans mon souvenir, mais il a haussé les épaules. Un frère et une sœur habitaient sur l'autre palier, l'appartement 4, et quand ils sont sortis on leur a fait bonjour. Eux aussi, puis ils nous

Invierno

ont fait signe de les rejoindre mais on a secoué la tête : On peut pas.

Le frère tirait sa sœur vers l'endroit où jouaient les autres avec leurs pelles et leurs longues écharpes incrustées de neige. Rafa avait l'air de plaire à la fille, aussi lui fit-elle signe en s'éloignant. Il ne lui répondit pas.

Les Américaines sont censées être belles, il a dit.

T'en as déjà vu ?

Et ça, c'est quoi, à ton avis ? Il s'est baissé pour prendre un Kleenex et a expulsé deux longs filets de morve en se mouchant. On avait tous mal à la tête, la crève et une sale toux ; même avec le chauffage à fond, l'hiver nous rétamait. J'étais obligé de porter un bonnet rouge de Père Noël pour garder mon crâne chauve au chaud ; je ressemblais à un pauvre elfe des tropiques.

Je me suis essuyé le nez. Si c'est ça les États-Unis, renvoie-moi au pays.

T'inquiète. D'après Mami on va sans doute rentrer à la maison.

Qu'est-ce qu'elle en sait ?

Elle et Papi en ont discuté. Elle pense que ce serait mieux qu'on rentre. Rafa passa un doigt sur le carreau d'un air sombre ; il ne voulait pas s'en aller ; il aimait la télé et le tout-à-l'égout, et se voyait déjà avec la fille de l'appartement 4.

Pas sûr, j'ai dit. Papi n'a pas l'air de vouloir partir où que ce soit.

Qu'est-ce que t'en sais ? T'es qu'un petit *mojón*.

J'en sais plus que toi, j'ai dit. Papi n'avait jamais parlé de rentrer sur l'Île. J'avais attendu qu'il soit de bonne humeur, après qu'il eut regardé Abbott et Costello, et lui avais demandé si à son avis on allait bientôt rentrer.

Pour quoi faire ?

En visite.

Vous ne bougerez pas d'ici.

121

Guide du loser amoureux

Vers la troisième semaine, j'ai eu peur qu'on n'y arrive jamais. Mami, qui avait été notre figure de l'autorité sur l'Île, dépérissait. Elle préparait le repas puis s'asseyait, en attendant de faire la vaisselle. Elle n'avait pas d'amis, aucun voisin chez qui aller. Vous pourriez me parler un peu, elle disait, mais on lui répondait d'attendre que Papi rentre. Il te parlera, lui, c'est sûr. Rafa devenait de plus en plus soupe au lait. Je lui tirais les cheveux, un de nos plus anciens jeux, et il explosait. On se battait, on se battait, on se battait et quand notre mère nous séparait, au lieu de faire la paix comme avant, on s'asseyait chacun à un bout de la chambre en fronçant les sourcils et en planifiant la mort de l'autre. Je vais te brûler vif, il promettait. Tu ferais mieux de numéroter tes bras et tes jambes, je lui disais, pour qu'on puisse les recoller à ton enterrement. De l'acide jaillissait de nos yeux, comme si nous étions des reptiles. Notre ennui n'arrangeait rien.

Un jour j'ai vu le frère et la sœur de l'appartement 4 se préparer à sortir jouer, et au lieu de leur faire signe, j'ai enfilé mon anorak. Rafa était assis sur le canapé, zappant d'une émission de cuisine chinoise au All-star Game du championnat de base-ball des neuf-douze ans. Je sors, j'ai dit.

Ouais, c'est ça, il a répondu, mais quand j'ai ouvert la porte d'entrée, il a fait : Hé !

L'air était très froid et j'ai failli tomber en bas des marches. Les adeptes du déblayage à la pelle étaient rares dans notre quartier. En enroulant mon écharpe autour de mon cou, j'ai trébuché sur les aspérités de la croûte de neige. J'ai rattrapé le frère et la sœur à côté de notre immeuble.

Attendez ! j'ai crié. Je veux jouer avec vous.

Le frère m'a regardé avec un grand sourire figé, sans comprendre un mot de ce que j'avais dit, les bras nerveusement plaqués le long du corps. Ses cheveux étaient tellement incolores que c'en était effrayant. Sa sœur avait les yeux verts et son visage couvert de taches de rousseur était

Invierno

encapuchonné dans de la fourrure rose. On portait des moufles de la même marque, achetées en promo chez Two Guys. Je me suis arrêté et on s'est retrouvés face à face, la blancheur de notre haleine presque palpable entre nous. Le monde était de glace et la glace brûlait sous le soleil. C'était ma première vraie rencontre avec des Américains, je me sentais libre et de taille. J'ai agité mes moufles en souriant. La sœur s'est tournée vers son frère et a ri. Il lui a dit quelque chose et elle est partie en courant là où jouaient les autres, les éclats de son rire montant par-dessus son épaule comme la vapeur de son souffle chaud.

Je voulais sortir, j'ai dit. Mais mon père nous l'interdit pour l'instant. Il croit qu'on est trop petits, mais regarde, je suis plus grand que ta sœur, et mon frère a l'air plus grand que toi.

Le frère s'est montré du doigt. Eric, il a dit.

Je m'appelle Yunior, j'ai dit.

Il ne s'est jamais départi de son grand sourire. Il s'est tourné, puis s'est dirigé vers le groupe d'enfants qui approchaient. Je savais que Rafa me regardait par la fenêtre et je me suis retenu de me retourner pour lui faire signe. Les petits *gringos* m'ont regardé de loin puis se sont éloignés. Attendez, j'ai dit, mais une Oldsmobile s'est garée sur la place devant moi, ses pneus pleins de boue et incrustés de neige. Je n'ai pas pu les suivre. La sœur s'est retournée une fois, une mèche de cheveux sortant de sa capuche. Après leur départ, je suis resté planté dans la neige jusqu'à ce que mes pieds soient froids. J'avais trop peur de me prendre une dérouillée pour aller plus loin.

Rafa était vautré devant la télé.

Hijo de la gran puta, j'ai dit en m'asseyant.

T'as l'air gelé.

Je ne lui ai pas répondu. On a regardé la télé jusqu'à ce qu'une boule de neige s'écrase sur la vitre de la porte du patio et qu'on sursaute tous les deux.

Qu'est-ce que c'était? a demandé Mami depuis sa chambre.

Guide du loser amoureux

Deux autres boules de neige se sont fracassées contre le carreau. J'ai jeté un œil derrière le rideau et aperçu le frère et la sœur cachés derrière une Dodge enfouie sous la neige.
Rien, *señora*, a dit Rafa. C'est la neige.
Quoi, elle apprend à danser?
Elle tombe, c'est tout, a dit Rafa.
On est restés plantés derrière le rideau à regarder le frère lancer vite et fort, comme un pro du base-ball.

Chaque jour les camions bennes traversaient le quartier chargés d'ordures. La décharge était à trois kilomètres de là, mais les vents hivernaux apportaient jusqu'à nous le bruit et l'odeur non dilués. Quand on ouvrait la fenêtre, on entendait et on sentait les bulldozers répandre les ordures en couches épaisses et putrides au sommet de la montagne de déchets. On voyait les mouettes tournoyer au-dessus du monticule, par milliers.
Tu crois que les enfants vont jouer là-bas? j'ai demandé à Rafa. On était sur le perron, téméraires; à tout moment Papi pouvait se garer sur le parking et nous voir.
Évidemment. Tu n'irais pas si tu pouvais?
Je me suis humecté les lèvres. Il doit y avoir plein de trucs à ramasser, là-bas.
Des tas, a dit Rafa.
Cette nuit-là, j'ai rêvé de la maison, qu'on n'était jamais partis. Je me suis réveillé avec un mal de gorge, brûlant de fièvre. Je me suis passé de l'eau sur la figure au lavabo, puis je me suis assis près de la fenêtre, mon frère endormi, et j'ai regardé les croûtes de glace tomber et se figer en formant une bosse sur les voitures, la neige, le trottoir. Il paraît qu'en vieillissant on perd la capacité à s'endormir dans des lieux inconnus, moi je ne l'avais jamais eue. L'immeuble commençait seulement à prendre sa dimension réelle; la magie du dernier coup de marteau se dissipait. J'ai entendu du bruit dans le salon et quand je suis sorti j'ai vu ma mère devant la porte du patio.

Invierno

Tu n'arrives pas à dormir? elle a demandé, son visage lisse et immaculé à la lueur des halogènes.

J'ai secoué la tête.

Pour ça on s'est toujours ressemblé, elle a dit. Ça ne **sim**plifie pas la vie.

Je lui ai entouré la taille avec mes bras. Rien que ce matin-là, on a vu passer trois camions depuis la porte d'entrée. Je vais prier pour que viennent des Dominicains, elle a dit, visage appuyé contre la vitre, mais on a fini par se retrouver avec des Portoricains.

C'est elle qui a dû me mettre au lit parce que le lendemain matin je me suis réveillé à côté de Rafa. Il ronflait. Papi était dans la pièce d'à côté, lui aussi ronflait, et mon petit doigt m'a dit que je ne serais pas un dormeur silencieux.

À la fin du mois, les bulldozers recouvrirent la décharge d'une chape de terre meuble et jaune, et les mouettes ainsi expulsées se rabattirent sur la cité, où elles chièrent et s'activèrent jusqu'aux nouveaux arrivages d'ordures.

Mon frère se démenait pour devenir le Fils Préféré; pour tout le reste il n'avait pas changé, mais quand il s'agissait de mon père il lui obéissait avec un dévouement dont il n'avait jamais fait preuve envers personne. Mon frère se conduisait habituellement comme un animal, mais avec mon père à la maison, il se transforma en une espèce de *muchacho bueno*. Papi disait qu'il ne voulait pas qu'on sorte? Rafa ne sortait pas. C'était comme si notre passage aux États-Unis avait gommé les traits les plus fougueux de son caractère. En moins de temps qu'il n'en faudrait pour le dire, ils réapparaitraient en plus terrible qu'avant, mais au cours de ces premiers mois, il s'assagit. Il devint méconnaissable. Je voulais plaire à mon père, moi aussi, mais je n'étais pas du genre à obéir; je jouais dans la neige pendant de brefs instants, mais jamais hors de portée de vue de l'appartement. Tu vas te faire choper, prédisait Rafa. Je voyais que ma

125

Guide du loser amoureux

témérité le rendait malheureux; de nos fenêtres, il me regardait faire des tas de neige et me jeter dans les congères. Je restais à l'écart des *gringos*. Quand je voyais le frère et la sœur de l'appartement 4, j'arrêtais de traîner et me méfiais d'une attaque en traître. Eric me faisait signe, sa sœur me faisait signe; je ne répondais pas. Une fois, il s'est approché pour me montrer une carte de base-ball qu'il venait d'avoir. Roberto Clemente, il a dit, mais j'ai continué à construire mon fort. Sa sœur a rougi et dit quelque chose à voix haute, puis Eric est parti.

Un jour la sœur est sortie seule et je l'ai suivie jusqu'au terrain vague. D'énormes canalisations de béton dispersées çà et là dans la neige. Elle s'est baissée pour entrer dans l'une d'elles et je l'ai suivie, à quatre pattes.

Elle s'est assise en tailleur dans la conduite et m'a fait un grand sourire. Elle a retiré ses moufles et s'est frotté les mains. On était à l'abri du vent, j'ai suivi son exemple. Elle a appuyé un doigt sur moi.

Yunior, j'ai dit.

Elaine, elle a dit.

On est restés assis un moment, j'avais mal à la tête du désir de communiquer, et elle n'arrêtait pas de souffler dans ses mains. Puis elle a entendu son frère appeler et elle est sortie de la conduite en vitesse. Moi aussi. Elle était debout à côté de lui. Quand il m'a vu, il a crié quelque chose avant de me jeter une boule de neige. J'ai riposté.

Moins d'un an plus tard, ils déménageaient. Comme tous les blancs. Il ne resterait plus que nous, les noirs.

Le soir, Mami et Papi ont parlé. Il était attablé à sa place habituelle et elle s'est penchée tout près, lui a demandé : Tu as l'intention de faire sortir les enfants un jour? Tu ne peux pas les garder enfermés comme ça.

Ils iront bientôt à l'école, il a dit, tirant sur sa pipe. Et dès que l'hiver s'adoucira, je veux vous montrer l'océan. On le voit d'ici, tu sais, mais c'est mieux de le voir de près.

126

Invierno

L'hiver va durer encore longtemps?

Non, il a promis. Tu verras. Dans quelques mois, vous aurez tous oublié cette période et je n'aurai plus autant de travail. Au printemps, on pourra voyager et voir du pays.

J'espère, a dit Mami.

Ma mère n'était pas femme à se laisser intimider, mais aux États-Unis, elle se laissait marcher sur les pieds par mon père. S'il disait qu'il devait travailler deux jours d'affilée, elle disait : Très bien, et préparait assez de *moro* pour qu'il tienne jusque-là. Elle était déprimée et triste, son père lui manquait, et son frère, et ses voisins. Tout le monde l'avait prévenue que les États-Unis étaient un pays dur où même le diable s'en prend plein la gueule, mais personne ne lui avait dit qu'elle passerait le restant de sa vie bloquée par la neige avec ses enfants. Elle écrivait lettre sur lettre au pays, suppliant ses sœurs de venir dès que possible. *Le quartier est désert et je n'ai pas d'amis.* Et elle suppliait mon père de venir avec ses amis. Elle voulait parler de tout et de rien, parler à quelqu'un d'autre que ses fils ou son mari.

Aucun de vous n'est prêt à recevoir des invités, a dit Papi. Regarde cet appartement. Regarde tes enfants. *Me da vergüenza* de les voir traîner comme ça à ne rien faire.

Tu ne peux pas te plaindre de cet appartement. Je n'arrête pas de faire le ménage.

Et tes fils?

Ma mère m'a regardé puis a regardé Rafa. Je m'étais trompé de pied en mettant mes chaussures. Après quoi, elle avait demandé à Rafa de faire mes lacets. Quand on entendait la camionnette de mon père se garer sur le parking, Mami nous appelait pour une rapide inspection. Cheveux, dents, mains, pieds. Si quelque chose n'allait pas, elle nous cachait dans la salle de bains le temps d'arranger ça. Elle cuisinait des repas de plus en plus élaborés. Elle ne traitait même plus Papi de *zángano* quand il lui demandait de changer de chaîne pour lui.

Bon, il a fini par dire. Peut-être que ça peut marcher.

Guide du loser amoureux

Ce sera sans façons, a dit Mami.

Deux vendredis d'affilée, il invita un ami à dîner et Mami enfila sa plus belle combinaison en tergal et nous mit sur notre trente et un avec nos pantalons rouges, nos ceintures blanches épaisses et nos chemises Chams bleu amarante. La voir panteler d'excitation nous donna aussi l'espoir que notre monde était sur le point de changer en mieux, mais ce furent des soirées bizarres. Les types en question étaient célibataires et passèrent leur temps à parler avec Papi et à mater le cul de Mami. Papi sembla apprécier leur compagnie, mais Mami resta debout à servir les plats, décapsuler les bières et changer de chaîne. Au début de chaque soirée, elle se montrait naturelle et chaleureuse, fronçant les sourcils aussi facilement qu'elle souriait béatement, mais à mesure que les hommes desserraient leur ceinture, retiraient leurs chaussures et y allaient de leurs discours, elle s'effaçait; ses expressions rétrécissaient jusqu'à ce qu'il ne reste plus qu'un sourire pincé, réservé, qui semblait glisser dans la pièce comme une ombre sur le mur. Nous les petits, avons été ignorés la plupart du temps, sauf une fois, quand le premier type, Miguel, a demandé : Vous êtes doués pour la boxe comme votre père?

Ils savent se battre, a dit Papi.

Votre père est très rapide. Il a une bonne vitesse de mains. Miguel s'est penché en avant. Je l'ai vu rétamer un *gringo*, le tabasser jusqu'à ce qu'il gémisse.

Miguel avait apporté une bouteille de rhum Bermúdez; lui et mon père étaient ivres.

C'est l'heure d'aller dans votre chambre, a dit Mami en me touchant l'épaule.

Pourquoi? Tout ce qu'on y fait, c'est rester assis.

C'est ce que je fais chez moi, a dit Miguel.

Le regard furieux de Mami m'a transpercé. Tais-toi, elle a dit en nous poussant vers notre chambre. On s'est assis, comme prévu, et on a écouté. Lors des deux soirées, les types se sont rempli la panse, ont félicité Mami pour sa

Invierno

cuisine, Papi pour ses enfants, et se sont attardés une heure après le dîner par respect des convenances. Cigarettes, dominos, ragots, puis l'inévitable : Bon, je vais vous laisser. Il faut que je bosse demain. Tu sais ce que c'est.

Bien sûr. On sait ça mieux que n'importe qui, nous les Dominicains.

Après, Mami a lavé les casseroles en silence dans la cuisine, grattant la viande de porc grillée, et Papi s'est assis dehors sur le perron, en chemisette. Il semblait être devenu indifférent au froid ces cinq dernières années. Quand il est rentré, il a pris une douche et enfilé son bleu. Il faut que j'aille bosser ce soir, il a dit.

Mami a cessé de gratter la poêle avec une cuillère. Tu devrais te trouver un travail aux horaires plus réguliers.

Papi a haussé les épaules. Si tu crois que c'est facile de trouver du boulot, vas-y, trouves-en.

Dès qu'il est parti, Mami a soulevé le saphir du disque, coupant Felix del Rosario. On l'a entendue ouvrir le placard, enfiler son manteau et ses bottes.

Tu crois qu'elle nous quitte ? j'ai fait.

Rafa a plissé le front. Peut-être, il a répondu.

Quand on a entendu la porte d'entrée s'ouvrir, on est sortis de notre chambre pour constater que l'appartement était vide.

On ferait mieux d'aller la chercher, j'ai dit.

Rafa s'est arrêté à la porte. Donnons-lui une minute, il a dit.

Ça va pas la tête ?

On va attendre deux minutes, il a dit.

Une, j'ai dit d'une voix forte. Il a appuyé la tête sur la vitre de la porte du patio. On était sur le point de l'ouvrir quand Mami est rentrée, haletante, enveloppée d'un halo de froid.

Où est-ce que t'étais ? j'ai demandé.

Je suis allée faire un tour. Elle a laissé son manteau par terre près de la porte ; son visage était rouge et elle respirait fort, comme si elle avait piqué un sprint les trente derniers mètres.

Guide du loser amoureux

Où ça ?
Au coin de la rue.
Pourquoi t'as fait ça ?
Elle a éclaté en sanglots, et quand Rafa lui a posé une main autour de la taille, elle l'a repoussée d'une tape. On est retournés dans notre chambre.
Je crois qu'elle perd la boule, j'ai dit.
Elle se sent seule, voilà tout, a dit Rafa.

Le soir avant la tempête, j'ai entendu le vent à notre fenêtre. Je me suis réveillé le lendemain matin, glacé. Mami tripotait le thermostat ; on entendait le gargouillis de l'eau dans les canalisations mais l'appartement n'était pas plus chaud pour autant.
Allez jouer, a dit Mami. Vous penserez à autre chose.
C'est cassé ?
Je ne sais pas. Elle observait le bouton d'un air dubitatif. Il est peut-être un peu plus lent ce matin.
Aucun des *gringos* ne jouait dehors. On s'est assis près de la fenêtre et on les a attendus. L'après-midi, mon père a appelé depuis le travail ; j'ai entendu les chariots élévateurs quand j'ai décroché.
Rafa ?
Non, c'est moi.
Appelle ta mère.
Y a une grosse tempête qui s'annonce, il lui a expliqué – même de là où j'étais j'entendais sa voix. Je n'ai aucun moyen de sortir pour vous rejoindre. Ça va être terrible. Je rentrerai peut-être demain.
Qu'est-ce que je dois faire ?
Ne sortez pas. Et remplissez la baignoire d'eau.
Où est-ce que tu dors ? a demandé Mami.
Chez un ami.
Elle nous a tourné le dos. Bon, elle a dit. Après avoir raccroché, elle est allée s'asseoir devant la télé. Elle voyait que j'étais sur le point de la bombarder de questions au sujet de Papi ; elle m'a dit : Regarde ton émission.

130

Invierno

Radio WADO préconisait de faire une réserve de couvertures, d'eau, de lampes torches et de nourriture. On n'avait rien de tout ça. Qu'est-ce qui va se passer si on se fait ensevelir? j'ai demandé. Est-ce qu'on va mourir? Il va falloir qu'on vienne nous sauver en bateau?

J'en sais rien, a dit Rafa. J'y connais rien moi, à la neige. Je lui foutais la trouille. Il est allé jeter un œil à la fenêtre.

Tout ira bien, a dit Mami. Tant qu'on est au chaud. Elle est allée monter le chauffage.

Mais si on se fait ensevelir?

C'est impossible qu'il tombe autant de neige.

Qu'est-ce que t'en sais?

Parce que trente centimètres de neige n'ont jamais enseveli personne, même un casse-pieds dans ton genre.

Je suis sorti sur le perron regarder les premiers flocons tomber comme des cendres finement tamisées. Si on meurt, Papi va se sentir coupable, j'ai dit.

Mami s'est tournée et a ri.

Dix centimètres sont tombés en une heure, et ça n'arrêtait pas.

Mami a attendu qu'on soit au lit, mais j'ai entendu la porte et réveillé Rafa. Ça recommence, j'ai dit.

Elle est sortie?

Oui.

Il a enfilé ses bottes d'un air maussade. Il s'est arrêté à la porte et s'est retourné vers l'appartement vide. Allons-y, il a dit.

Elle était sur le parking, s'apprêtait à traverser Westminster. L'éclairage de l'appartement luisait sur le sol gelé et notre haleine était blanche dans l'air nocturne. La neige tombait en bourrasques.

Rentrez à la maison, elle a dit.

On n'a pas bougé.

Vous avez fermé la porte à clé, au moins?

Rafa a fait non de la tête.

Il fait trop froid pour les voleurs, de toute façon, j'ai dit.

131

Guide du loser amoureux

Mami a souri et manqué glisser sur le trottoir. Je suis pas douée pour marcher sur ce *vaina*.

Moi si, j'ai dit. Tiens-toi à moi.

On a traversé Westminster. Les voitures roulaient très lentement et le vent chargé de neige faisait du raffut.

C'est pas si terrible, j'ai dit. Ces gens ne connaissent pas les ouragans.

On va où ? a demandé Rafa. Il clignait beaucoup des yeux pour empêcher la neige d'y entrer.

Droit devant, a dit Mami. Comme ça, on ne se perdra pas.

On devrait laisser des marques sur la glace.

Elle nous a entourés de ses bras. C'est plus facile si on va tout droit.

On est allés au bout des appartements, d'où l'on a observé la décharge, vague monticule informe au bord du Raritan. Des feux d'ordures brillaient partout dessus comme autant de boutons de fièvre, les camions bennes et les bulldozers dormant dans un silence révérencieux à son pied. Ça sentait comme un truc que le fleuve avait expulsé de la vase, un truc humide et écœurant. On s'est retrouvés devant les terrains de basket d'à côté et la piscine, vide, et à Parkwood, le quartier voisin où tout le monde emménageait et où il y avait plein d'enfants.

On a même vu l'océan, là-bas tout au bout de Westminster, telle la lame incurvée d'un long couteau. Mami pleurait mais on a fait comme si de rien n'était. On a lancé des boules de neige sur les voitures qui semblaient glisser en silence, et à un moment j'ai retiré mon bonnet pour sentir les flocons tomber sur mon crâne tout froid et dur.

MISS LORA

1

Des années plus tard, tu te demanderais : S'il n'y avait pas eu ton frère, est-ce que tu l'aurais fait? Tu te souviens que tous les autres mecs la détestaient, qu'elle était maigre, *no culo, no* nichons, *como un palito* mais ton frère s'en foutait. Moi, je la baiserais bien.

Tu baiserais n'importe qui, avait raillé quelqu'un.

Ton frère l'avait fusillé du regard. À t'entendre, on dirait que c'est pas une bonne chose.

2

Ton frère. Un an qu'il est mort et parfois tu éprouves encore une tristesse fulgurante en y repensant, même s'il s'est conduit comme un sale con, à la fin. Il n'est pas mort l'esprit tranquille. Les derniers mois il n'a jamais cessé de vouloir prendre la tangente. On le rattrapait en train de héler un taxi devant Beth Israel ou de traverser une rue de Newark en blouse d'hôpital verte. Un jour, il a embobiné une de ses ex en la convainquant de le conduire en Californie, mais passé Camden il s'est tordu dans des convulsions et elle t'a appelé, prise de panique. Est-ce que c'était l'impulsion atavique de mourir seul, à l'abri des regards? Ou tentait-il seulement d'accomplir quelque chose qu'il avait toujours eu en lui? Pourquoi tu fais ça? tu lui avais demandé, mais il avait ri. Pourquoi je fais quoi?

Guide du loser amoureux

Les dernières semaines, quand il avait fini par devenir trop faible pour s'enfuir, il a refusé de vous adresser la parole, à ta mère et toi. Il n'a plus dit un seul mot jusqu'à sa mort. Ta mère s'en fichait. Elle l'aimait et priait pour lui et lui parlait comme s'il allait bien. Mais toi, ça t'a blessé, ce silence obstiné. Ses derniers jours, bordel, et il n'a pas dit un mot. Tu lui posais une question : Comment tu te sens, aujourd'hui, et il se détournait. Comme si tu ne méritais pas de réponse. Comme si personne n'en méritait.

3

Tu étais à un âge où tu pouvais tomber amoureux d'une fille pour une expression, un geste. C'est ce qui est arrivé avec ta copine Paloma – elle s'est penchée pour ramasser son sac à main et ton cœur s'est envolé.

C'est aussi ce qui est arrivé avec Miss Lora.

C'était en 1985. Tu avais seize ans et tu étais traumatisé et solitaire comme pas permis. Tu étais aussi persuadé – mais alors totalement persuadé – que le monde courait à sa perte. Presque chaque nuit tu faisais des cauchemars en comparaison desquels ceux du président dans *Dreamscape* étaient du pipi de chat. Dans tes rêves, les bombes n'arrêtaient pas de pleuvoir d'un coup sur toi, te réduisaient en poussière alors que tu te promenais, que tu mangeais une cuisse de poulet, que tu prenais le bus pour aller au bahut, que tu baisais Paloma. Tu te réveillais en te mordant la langue de terreur, du sang dégoulinant sur le menton.

Il aurait vraiment fallu te mettre sous traitement.

Paloma te trouvait ridicule. Elle ne voulait rien savoir de l'équilibre de la terreur, de *L'Agonie de notre vieille planète*, de « Début des bombardements dans cinq minutes[1] », de SALT II, du *Jour d'après*, de *Threads*, de *L'Aube rouge*, de *WarGames*, de *Gamma World*, de rien de tout ça. Elle

---

1. Plaisanterie de Ronald Reagan, diffusée à son insu lors d'un test micro, avant un discours radiophonique en 1984, au plus fort de la guerre froide.

Miss Lora

t'appelait M. Spleen. Et elle en avait plus que sa dose, de spleen. Elle habitait un studio avec quatre frères et sœurs plus petits qu'elle et une mère handicapée, dont elle s'occupait. Il y avait ça et sa moyenne générale. Elle n'avait de temps pour rien d'autre et restait surtout avec toi, soupçonnais-tu, parce qu'elle se sentait mal depuis ce qui était arrivé à ton frère. On ne pouvait pas dire que vous vous voyiez souvent ou que vous couchiez ensemble. La seule Portoricaine au monde qui n'en démordait pas question cul. Je peux pas, elle disait. J'ai pas le droit à l'erreur. Pourquoi coucher avec moi serait-il une erreur, tu demandais, mais elle se contentait de secouer la tête en sortant ta main de son pantalon. Paloma était persuadée que si elle commettait la moindre erreur au cours des deux années suivantes, *la moindre*, elle resterait coincée avec sa famille pour toujours. C'était son cauchemar à elle. Imagine que je ne sois prise nulle part. Tu m'aurais, moi, tu disais pour la rassurer, mais Paloma te regardait comme si elle préférait encore l'Apocalypse.

Ainsi parlais-tu de l'approche du Jugement dernier à quiconque t'écoutait – ton prof d'histoire, qui affirmait construire un bunker de survie dans les Poconos, ton pote en garnison au Panama (à l'époque tu écrivais encore des lettres), ta voisine du coin de la rue, Miss Lora. C'est comme ça que vous avez fait connaissance. Elle t'écoutait. Mieux, elle avait lu *Alas, Babylon* et vu une partie du *Jour d'après*, et les deux lui avaient foutu une trouille bleue.

Le Jour d'après ne fait pas peur, tu avais soupiré. C'est un navet. On ne survit pas à une explosion en se cachant sous un tableau de bord.

C'était peut-être un miracle, elle avait dit, l'air taquin.

Un miracle ? C'était bête, un point c'est tout. Il faut que vous voyiez *Threads*. Ça, ça vaut le coup.

Je serais sans doute incapable de le supporter, elle avait dit. Puis elle avait posé la main sur ton épaule.

Les gens te touchaient toujours. Tu avais l'habitude. Tu levais de la fonte à tes heures perdues, encore un truc que

Guide du loser amoureux

tu faisais pour oublier ta vie de merde. Tu devais avoir un gène de mutant quelque part dans ton ADN, parce que toute cette muscu t'avait transformé en monstre de foire. La plupart du temps ça ne te dérangeait pas, cette façon dont certaines filles et parfois certains mecs te tâtaient. Mais avec Miss Lora, tu t'étais aperçu que c'était différent.

Miss Lora t'avait touché, tu avais soudain levé la tête et remarqué l'immensité de ses yeux dans son visage menu, la longueur de ses cils, et qu'un de ses iris était plus bronzé que l'autre.

4

Bien sûr, tu la connaissais ; c'était ta voisine, elle était prof au lycée de Sayreville. Mais elle n'était sortie du lot que ces derniers mois. Il y avait un tas de quadras célibataires dans le quartier, échouées là après toutes sortes de naufrages, mais c'était une des rares à ne pas avoir d'enfant, à vivre seule, à être encore assez jeune. Il a dû se passer quelque chose, présumait ta mère. Dans son esprit, le fait de ne pas avoir d'enfant quand on est une femme ne pouvait s'expliquer que par quelque malheur incommensurable.

Peut-être qu'elle n'aime pas les enfants, tout simplement.

Personne n'aime les enfants, t'a assuré ta mère. C'est pas une raison pour ne pas en avoir.

Miss Lora n'était pas spécialement attirante. Il devait y avoir un millier de *viejas* bien plus sexy dans le quartier, comme Mme del Orbe, que ton frère s'était tapée jusqu'à ce que son mari découvre le pot aux roses et déménage avec toute la famille. Miss Lora était trop maigre. Pas de hanches du tout. Pas de seins, non plus, ni de cul, même ses cheveux étaient tout juste passables. Elle avait ses yeux, évidemment, mais ce qui faisait sa réputation dans le quartier, c'étaient ses muscles. Non qu'elle en eût d'énormes comme toi – cette fille était un vrai fil de fer, chaque fibre de son corps saillait en haute définition. Comparé à cette nana, Iggy Pop était grassouillet, et chaque été elle mettait tout le monde en

138

Miss Lora

émoi à la piscine. Toujours en bikini malgré son absence de formes, le soutif s'étirant sur la corde mince de ses pectoraux et le slip recouvrant les sillons tracés par ses muscles fessiers. Elle nageait toujours sous l'eau, les vagues noires de ses cheveux flottant dans son sillage comme un banc d'anguilles. Elle bronzait toujours (ce qu'aucune autre femme ne faisait) jusqu'à ce que sa peau devienne aussi marron et luisante qu'une vieille grolle. Cette femme devrait mettre quelque chose sur elle, se plaignaient les mères. On dirait un sac plastique grouillant de vers. Mais qui pouvait se retenir de la regarder? Pas toi ni ton frère. Les mômes lui demandaient : Vous faites du body building, Miss Lora? et elle faisait non de la tête derrière son journal. Désolée, les garçons, je suis née comme ça.

À la mort de ton frère, elle est passée à l'appart quelquefois. Elle et ta mère avaient un lieu en commun, La Vega, où Miss Lora était née et où ta mère s'était remise après la *Guerra Civil*. Une année entière juste derrière la *Casa Amarilla* avait fait de ta mère une *vegana*. J'entends encore le *Río Camú* dans mes rêves, elle disait. Miss Lora hochait la tête. J'ai vu Juan Bosch un jour dans ta rue quand j'étais toute petite. Elles s'asseyaient et parlaient de ça à n'en plus finir. De temps à autre elle t'arrêtait sur le parking. Comment vas-tu? Comment va ta mère? Et tu ne savais jamais quoi dire. Ta langue était toujours tuméfiée, à vif d'avoir été réduite à l'état d'atomes dans ton sommeil.

5

Aujourd'hui tu rentres de ton jogging et tu tombes sur elle sur le perron, discutant avec la *Doña*. Ta mère t'appelle. Dis bonjour à la *profesora*.

Je transpire, tu protestes.

Ta mère explose. *Carajo*, à qui crois-tu parler? Dis bonjour à la *profesora*, *coño*.

Bonjour, *profesora*.

Bonjour, élève.

Guide du loser amoureux

Elle rit et reprend la conversation avec ta mère.
Tu ignores pourquoi tu es si furieux, tout à coup.
Je pourrais vous tordre, tu lui dis en pliant le bras.
Et Miss Lora te regarde avec un grand sourire ridicule.
Qu'est-ce que tu racontes? C'est moi qui pourrais te soulever.
Elle te passe les mains autour de la taille et mime l'effort.
Ta mère rit doucement. Mais tu sens qu'elle vous observe.

6

Quand ta mère avait mis ton frère devant le fait accompli à propos de Mme del Orbe, il n'avait pas nié. Qu'est-ce que tu veux, M'man? *Se metío por mis ojos.*
Por mis ojos mon cul, elle avait dit. *Tú te metiste por su culo.*
C'est vrai, avait joyeusement admis ton frère. *Y por su boca.*
Puis ta mère l'avait tapé, de dépit et de rage, et lui s'était marré.

7

C'est la première fois qu'une fille te veut. Alors tu gamberges. Tu tournes et retournes la chose dans les méandres de ton esprit. C'est dingue, tu te dis. Et plus tard, distraitement, tu le répètes devant Paloma. Elle ne t'entend pas. Tu ne sais pas vraiment quoi faire de ça. Tu n'es pas ton frère, qui aurait foncé tête baissée pour mettre son *rabo* dans Miss Lora. Même si tu le sais, tu as peur de te tromper. Tu as peur qu'elle se moque de toi.
Alors tu tentes de ne plus penser à elle, de les chasser de ton esprit, elle et son bikini. Tu présumes que les bombes vont tomber avant que tu aies l'occasion de tenter quoi que ce soit. Comme elles ne tombent pas, tu abordes le sujet avec Paloma dans un dernier effort, lui dis que la *profesora* te court après. Il est très convaincant, ton mensonge.

Miss Lora

Cette vieille peau à la con ? C'est dégoûtant.

Je te le fais pas dire, tu réponds d'un ton désespéré.

Autant baiser un bâton, putain, elle dit.

C'est vrai, tu confirmes.

T'as pas intérêt à la baiser, te prévient Paloma après un silence.

Qu'est-ce que tu racontes ?

Je te le dis, c'est tout. La baise pas. Tu sais que je le découvrirais. Tu ne sais pas mentir.

Ne sois pas folle, tu dis, rouge de colère. Je baiserai personne. C'est évident.

Ce soir-là, tu as le droit de toucher le clitoris de Paloma du bout de la langue, mais pas plus. Elle retient ta tête en arrière de toute la force de son être et tu finis par laisser tomber, démoralisé.

Ça avait le goût de la bière, tu écris à ton pote au Panama.

Tu t'offres une séance de muscu en rab dans l'espoir que ça te refroidira les *granos*, mais ça ne marche pas. Tu rêves quelquefois que tu es sur le point de la toucher mais que la Bombe propulse New York dans l'au-delà, tu vois l'onde de choc approcher et tu te réveilles, la langue fermement prise entre les dents.

Et puis un jour tu reviens de chez Chicken Holiday avec un menu quatre pièces, un pilon à la bouche, et la voilà qui sort de chez Pathmark, aux prises avec deux sacs de courses. Tu envisages de prendre la tangente mais la loi de ton frère t'en empêche. *Ne jamais s'enfuir.* Une loi qu'il finirait par abroger mais que tu ne peux contourner en cet instant. Tu demandes docilement : Vous voulez un coup de main, Miss Lora ?

Elle secoue la tête. C'est mon exercice de la journée. Vous rentrez ensemble en silence, puis elle dit : Quand est-ce que tu passes pour me montrer ce film ?

Quel film ?

Celui dont tu disais qu'il vaut vraiment le coup. Le film sur la guerre nucléaire.

141

Guide du loser amoureux

Si tu étais quelqu'un d'autre, tu serais peut-être assez discipliné pour éviter tout ça mais tu es le fils de ton père et le frère de ton frère. Deux jours plus tard, tu es à la maison où il règne un silence terrible, et tu as l'impression que la pub pour le spray réparateur de plastique des sièges de bagnole passe en boucle. Tu prends une douche, tu te rases, tu t'habilles.

Je reviens.

Ta mère regarde tes chaussures de gala. Où vas-tu?

Je sors.

Il est dix heures, elle dit, mais tu es déjà dehors.

Tu frappes à la porte une fois, deux fois, puis elle ouvre. Elle porte un survêt et un tee-shirt Howard et la peau de son front se tend d'inquiétude. Elle ouvre des yeux de géant.

Tu ne t'embarrasses pas de préliminaires. Tu t'approches et l'embrasses. Elle tend les bras et ferme la porte derrière toi.

Tu as un préservatif?

Vous êtes du genre inquiète.

Non, elle dit, et tu tentes de te retenir mais tu jouis quand même en elle.

Pardon, tu dis.

C'est pas grave, elle murmure, les mains sur ton dos pour t'empêcher de te retirer. Reste.

8

Son appart est sans doute l'endroit le mieux rangé que tu aies jamais vu et pourrait, vu son absence d'excentricité caribéenne, être habité par une blanche. Sur les murs, elle a accroché un tas de photos de ses voyages et de sa famille, et tous ont l'air incroyablement heureux et respectables. Alors c'est toi la rebelle? tu lui demandes, ce qui la fait rire. Y a un peu de ça.

Il y a aussi des photos de mecs. Tu en reconnais certains de quand tu étais petit, tu ne dis rien à leur sujet.

Miss Lora

sautées, elles avaient toujours honte, après. Et elles piquaient toujours une crise de panique. On nous a entendus. Refais le lit. Ouvre la fenêtre. Ici, rien de tel.

Après, elle s'assoit, la poitrine aussi nue que la tienne. Et maintenant, qu'est-ce que tu veux manger ?

11

Tu essaies d'être raisonnable. Tu essaies de te dominer, de garder ton calme. Mais tu vas chez elle chaque jour, putain. La seule fois que tu essaies d'y couper, tu changes d'avis et finis par te glisser hors de chez toi à trois heures du mat' pour aller furtivement frapper à sa porte jusqu'à ce qu'elle te fasse entrer. Tu sais que je travaille, non ? Je sais, tu dis, mais j'ai rêvé qu'il t'arrivait quelque chose. C'est gentil à toi de mentir, elle soupire, et même si elle tombe de sommeil elle te laisse la prendre par-derrière sans préambule. Oh putain, incroyable, t'arrêtes pas de répéter pendant les quatre secondes qu'il te faut avant de jouir. Tire-moi par les cheveux quand tu fais ça, elle glisse. Ça me fait partir comme une fusée.

Il n'y a rien de plus extraordinaire, alors pourquoi tes rêves sont-ils toujours plus horribles ? Pourquoi y a-t-il de plus en plus de sang dans le lavabo chaque matin ?

Tu en apprends un rayon à propos de sa vie. Elle a émigré avec un père médecin dominicain fou à lier. Sa mère les a abandonnés pour un serveur italien, s'est enfuie à Rome, ce qui a achevé le papa. Toujours à menacer de se foutre en l'air, il ne se passait pas une journée sans qu'elle le supplie au moins une fois de ne pas le faire, ça l'a bien traumatisée. Dans sa jeunesse elle a été gymnaste, et il a même été question un moment qu'elle intègre l'équipe olympique, puis l'entraîneur s'est barré avec la caisse, et la République dominicaine a dû tout annuler cette année-là. Je ne dis pas que j'aurais gagné, elle dit, mais j'aurais pu tirer mon épingle du jeu. Après ces conneries, elle a pris trente centimètres et fait une croix sur la gym. Puis son père a trouvé du boulot à

Guide du loser amoureux

Ann Arbor, dans le Michigan, et elle et ses trois petits frères et sœurs l'ont accompagné. Au bout de six mois, il les a placés chez une grosse veuve, *una blanca asquerosa* qui détestait Lora. Elle n'avait pas d'amis à l'école, et en troisième elle a couché avec son prof d'histoire. Elle a fini par s'installer chez lui. Son ex-femme était prof dans le même bahut. Vous imaginez l'ambiance. Juste après son bac elle a filé avec un noir taciturne à Ramstein, en Allemagne, mais ça n'a pas marché. Je continue de croire qu'il était homo, elle dit. Et finalement, après avoir tenté de faire son trou à Berlin, elle est rentrée. Elle s'est installée avec une copine qui avait un appart à London Terrace, est sortie avec quelques mecs, un de ses anciens potes de l'armée de l'air qui lui rendait visite quand il était en perm, bonne pâte de *moreno*. Quand sa copine s'est trouvé un mari et a déménagé, Miss Lora a gardé l'appart et a dégoté un boulot de prof. A fait l'effort conscient de se poser. C'était chouette, cette vie, elle dit, en te montrant les photos. Tout bien considéré.

Elle tente toujours de te faire parler de ton frère. Ça te soulagera, elle dit.

Qu'est-ce qu'il y a à dire? Il a eu un cancer, il est mort.

C'est un début.

Elle te rapporte des brochures de son lycée. Elle te les donne après avoir rempli la moitié des formulaires de candidature. Il faut vraiment que tu partes d'ici.

Pour où? tu lui demandes.

N'importe où. Va en Alaska, je m'en fiche.

Elle dort avec un protège-dents. Et un masque sur les yeux.

Si tu rentres chez toi, attends que je m'endorme, tu veux? Mais au bout de quelques semaines c'est plutôt : Ne pars pas, s'il te plaît. Et finalement : Reste.

Et tu restes. À l'aube, tu te glisses hors de chez elle puis par la fenêtre de ta chambre en sous-sol. Ta mère ne se doute de rien, putain. Avant, elle savait tout. Elle avait le radar du *campesino*. Désormais, elle est ailleurs. Son chagrin, qu'elle entretient, l'accapare totalement.

146

Miss Lora

Ce que tu fais te fout les jetons mais ça a quelque chose d'exaltant, et tu te sens un peu moins seul au monde. Et puis tu as seize ans et le sentiment que maintenant que la Machine Cul est lancée, aucune force sur terre ne pourra plus jamais l'arrêter.

Puis ton *abuelo* chope quelque chose en République dominicaine, obligeant ta mère à rentrer au pays. Tu vas t'en sortir, dit la *Doña*. Miss Lora a dit qu'elle s'occuperait de toi.

Je sais cuisiner, M'man.

Non, tu sais pas. Et ne ramène pas cette Portoricaine ici. Compris ?

Tu hoches la tête. C'est la Dominicaine que tu ramènes.

Elle s'exclame, ravie, en voyant les canapés couverts de toile cirée et les cuillères de bois accrochées au mur. Tu admets être un peu gêné pour ta mère.

Évidemment, vous vous retrouvez en bas, dans ton sous-sol. Où les affaires de ton frère sont toujours bien en vue. Elle va droit sur ses gants de boxe.

Pose-les, s'il te plaît.

Elle les colle contre son visage, en respire l'odeur.

Tu ne parviens pas à te détendre. Tu jurerais entendre ta mère ou Paloma à la porte d'entrée. À cause de ça, tu t'interromps toutes les cinq minutes. C'est perturbant de te réveiller dans ton lit à côté d'elle. Elle prépare du café et des œufs brouillés et n'écoute pas Radio WADO mais le Morning Zoo qui n'arrête pas de la faire rire. C'est trop bizarre. Paloma t'appelle pour savoir si tu vas au bahut pendant que Miss Lora se balade en tee-shirt, son derrière maigrichon à l'air.

12

Puis, pendant ton année de terminale, elle décroche un poste dans ton lycée. Évidemment. Dire que c'est étrange revient à ne rien dire, *nada*. Tu l'aperçois dans les couloirs et ton cœur fait des bonds. C'est elle, ta voisine ? demande

Guide du loser amoureux

Paloma. J'y crois pas, elle te dévisage, putain. Cette vieille pute. Au bahut, ce sont les Espagnoles qui lui donnent du fil à retordre. Elles se moquent de son accent, de ses fringues, de son physique. (Elles l'appellent Mme Planche à repasser.) Elle ne s'en plaint jamais – c'est vraiment un poste formidable, elle dit – mais pour toi c'est des conneries de première. C'est seulement les Espagnoles. Les blanches raffolent d'elle. Elle prend en main l'équipe de gym. Elle les emmène à des cours de danse pour les aider à se motiver. Et en un rien de temps elles se mettent à gagner. Un jour, devant le bahut, les gymnastes la supplient toutes et elle fait un flip arrière dont la perfection te fait chanceler. C'est la plus belle chose que tu aies jamais vue. Évidemment, M. Everson, le prof de bio, tombe raide dingue d'elle. Il faut toujours qu'il tombe raide dingue de quelqu'un. Un temps, ce fut de Paloma, jusqu'à ce qu'elle le menace de le dénoncer. Tu les vois rire dans les couloirs, tu les vois déjeuner ensemble à la salle des profs.

Paloma s'en donne à cœur joie. Il paraît que M. Everson aime bien porter des robes. Tu crois qu'elle les attache pour lui ?

Vous les filles, vous êtes vraiment barjes.

Je suis sûre qu'elle les lui attache.

Tout ça te rend très nerveux. Mais le sexe n'en est que meilleur.

Quelquefois, tu vois la voiture de M. Everson garée devant chez elle. On dirait que M. Everson est dans le quartier, se marre un de tes potes. Tu es soudain vert de rage. Tu envisages de bousiller sa bagnole. Tu envisages de frapper à la porte. Tu envisages un millier de choses. Mais tu restes chez toi à lever de la fonte jusqu'à ce qu'il parte. Quand elle t'ouvre, tu regardes à l'intérieur sans lui dire un mot. L'appart sent la clope.

Tu pues, tu dis.

Tu entres dans la chambre, mais le lit est bien mis.

Ay mi pobre, elle rit. *No seas celoso.*

Mais tu l'es, évidemment que tu l'es.

Miss Lora

13

À la cérémonie de remise des diplômes, en juin, elle est là avec ta mère, en train d'applaudir. Elle porte une robe rouge parce qu'un jour tu lui as dit que c'était ta couleur préférée, et par-dessous de la lingerie assortie. Après, elle vous conduit tous les trois à Perth Amboy pour un dîner mexicain. Paloma ne peut pas vous accompagner parce que sa mère est malade. Mais tu la vois plus tard, ce soir-là, devant chez toi.

J'ai réussi, dit Paloma dans un grand sourire.

Je suis fier de toi, tu dis. Puis tu ajoutes, d'une façon qui ne te ressemble pas : Tu es une jeune femme exceptionnelle.

Cet été-là, toi et Paloma vous voyez peut-être deux fois – fini de se tourner autour. Elle est déjà ailleurs. En août, elle part pour l'université du Delaware. Tu n'es guère surpris qu'elle t'écrive, environ une semaine après son arrivée au campus, une lettre qui commence par *TOURNER LA PAGE*. Tu ne te donnes même pas la peine de la lire jusqu'au bout. Tu penses prendre la route pour aller lui parler mais tu comprends à quel point c'est inutile. Comme on pouvait s'y attendre, elle ne revient pas.

Tu restes dans le quartier. Tu décroches un boulot à l'aciérie Raritan River. Au début, tu as des démêlés avec les ploucs de Pennsylvanie mais tu finis par faire ton trou et ils te fichent la paix. Le soir, tu fais la tournée des bars avec un des demeurés qui traînent dans le quartier, tu te défonces et te pointes à la porte de Miss Lora, la bite à la main. Elle insiste pour la fac, propose de payer tous les frais de scolarité mais tu n'as pas le cœur à ça et le lui dis : Pas maintenant. Elle-même prend des cours du soir à Montclair. Elle envisage de faire une thèse. Il faudra que tu m'appelles docteur.

De temps en temps vous vous retrouvez à Perth Amboy, où personne ne vous connaît. Vous dînez comme n'importe qui. Tu as l'air trop jeune pour elle et ça te tue quand elle te

149

Guide du loser amoureux

touche en public mais qu'est-ce que tu y peux? Elle est toujours contente de sortir avec toi. Tu sais que ça ne va pas durer, tu le lui dis et elle hoche la tête. Je veux seulement t'offrir ce qu'il y a de meilleur. Tu te décarcasses pour trouver d'autres filles, en te disant qu'elles te permettront d'assurer la transition, mais tu ne rencontres personne qui te plaise vraiment.

Parfois, en sortant de chez elle, tu vas jusqu'à la décharge où ton frère et toi jouiez quand vous étiez petits, et tu t'assois sur les balançoires. C'est aussi là que M. del Orbe a menacé ton frère de lui tirer dans les couilles. Vas-y, avait dit Rafa, et mon frère, là, te tirera dans la chatte. Derrière toi, au loin, le bourdonnement de New York. Le monde, tu te dis, ne finira jamais.

14

Il en faut du temps pour oublier. Pour s'habituer à une vie sans Secret. Même une fois que c'est derrière toi et que tu as définitivement coupé les ponts, tu as encore peur de replonger. À Rutger, où tu as fini par atterrir, tu sautes sur tout ce qui bouge et chaque fois que ça ne marche pas tu es persuadé d'avoir du mal avec les filles de ton âge. À cause d'elle.

Tu n'en parles jamais, bien sûr. Jusqu'à ta dernière année, quand tu fais la connaissance de la *mujerón* de tes rêves, celle qui quitte son petit ami *moreno* pour sortir avec toi, qui fait disparaître toutes les petites poulettes de ton poulailler. C'est à elle que tu fais finalement confiance. À elle que tu finis par le dire.

Faudrait mettre cette sale garce en prison.

C'est pas ce genre-là.

Faudrait l'arrêter aujourd'hui même.

Ça fait quand même du bien d'en parler à quelqu'un. Au fond de ton cœur, tu croyais qu'elle te détesterait – qu'elles te détesteraient toutes.

Je ne te déteste pas. *Tú eres mi hombre*, elle dit fièrement.

150

Miss Lora

Quand vous allez chez toi, elle aborde le sujet avec ta mère. *Doña, es verdad que tu hijo taba rapando una vieja?* Ta mère secoue la tête de dégoût. Il est comme son père et son frère.

Un Dominicain, pas vrai, *Doña?*

Ces trois-là sont pires que les autres.

Plus tard, elle t'oblige à passer devant chez Miss Lora. La lumière est allumée.

Je vais lui dire deux mots, dit la *mujerón.*

Non. S'il te plaît.

J'y vais.

Elle claque la portière.

Negra, ne fais pas ça, s'il te plaît.

Ouvre la porte! elle crie.

Personne n'ouvre.

Tu n'adresses plus la parole à la *mujerón* pendant des semaines après ça. C'est une de vos grandes ruptures. Mais finalement vous allez chacun de votre côté à un spectacle de Tribe Called Quest, elle te voit danser avec une autre, te fait signe, et ça repart. Tu montes la rejoindre là où elle est assise avec la brochette de langues de vipères qu'elle a pour copines. Elle s'est de nouveau rasé la tête.

Negra, tu dis.

Elle te pousse dans un coin. Pardon de m'être emportée. Je voulais te protéger, c'est tout.

Tu secoues la tête. Elle vient dans tes bras.

15

La cérémonie de remise des diplômes : ce n'est pas une surprise de l'y voir. Ce qui te surprend, c'est que tu ne l'avais pas prévu. Juste avant de rejoindre le cortège avec la *mujerón*, tu la vois, debout et à l'écart, en robe rouge. Elle a fini par prendre du poids; ça lui va bien. Après la céré-monie, tu la vois traverser seule la pelouse d'Old Queens, avec une toque qu'elle a ramassée. Ta mère aussi, en a ramassé une. Elle l'a accrochée au mur.

Guide du loser amoureux

À la fin, elle déménage de London Terrace. Les loyers sont en hausse. Les Bengalis et les Pakistanais emménagent. Quelques années plus tard, c'est au tour de ta mère de déménager à Bergenline.

Plus tard, après ta rupture avec la *mujerón*, tu tapes son nom sur Internet mais il n'apparaît nulle part. Lors d'un voyage en République dominicaine, tu vas à La Vega en voiture et tu donnes son nom. Tu montres aussi une photo, tel un détective privé. C'est une photo de vous deux, la seule fois où vous êtes allés à la plage, à Sandy Hook. Vous souriez. Vous plissez les yeux.

GUIDE AMOUREUX DE L'AMANT INFIDÈLE

Année zéro

Ta copine découvre que tu la trompes. (Bon, en fait c'est ta fiancée, mais après tout, bientôt ça n'aura vraiment plus d'importance.) Elle aurait pu te surprendre avec une *sucia*, elle aurait pu te surprendre avec deux, mais comme tu n'es qu'un sale fils de *cuero* qui n'a jamais vidé la corbeille de sa messagerie électronique, elle t'a surpris avec cinquante! Certes, étalées sur une période de six ans, mais quand même. Putain, cinquante nanas? Et merde. Si tu avais été fiancé à une *blanquita* super ouverte, tu aurais pu t'en sortir – mais tu n'es pas fiancé à une *blanquita* super ouverte. Ta copine est une teigne de *salcedeña* qui ne croit à aucune forme d'ouverture; de fait, la seule chose au sujet de laquelle elle t'avait mis en garde, qu'elle avait juré ne jamais pardonner, c'était que tu la trompes. Je te découperai à coups de machette, elle avait promis. Et bien sûr, tu as juré que tu ne le ferais jamais. Tu l'as juré. Tu l'as juré.

Et tu l'as fait.

Elle restera quelques mois de plus parce que vous êtes ensemble depuis très, très longtemps. Parce que vous avez vécu beaucoup de choses ensemble – la mort de son père, la folie autour de ta nomination comme prof titulaire, son examen du barreau (réussi à la troisième tentative). Et parce que l'amour, le véritable amour, on ne s'en débarrasse pas

Guide du loser amoureux

si facilement. Au cours de ces six mois de supplice vous irez en République dominicaine, au Mexique (à l'enterrement d'un ami), en Nouvelle-Zélande. Vous ferez une balade sur la plage où fut tournée *La Leçon de piano*, chose qu'elle voulait faire depuis toujours et qu'à présent, en signe de pénitence désespérée, tu lui offres. Elle est immensément triste sur cette plage, va et vient seule sur le sable brillant, pieds nus dans l'eau glacée, et quand tu tentes de la prendre dans tes bras, elle dit : Non. Elle observe les rochers qui dépassent de l'eau, le vent tire ses cheveux en arrière. En rentrant à l'hôtel le long de ces falaises sauvages, tu prends deux autostoppeurs, un couple mixte, lui si noir et elle si blanche que c'en est ridicule, et si grisés par l'amour que tu manques les fiche dehors. Elle ne dit rien. Plus tard, à l'hôtel, elle pleurera.

Tu ne recules devant rien pour la garder. Tu lui écris des lettres. Tu la conduis au boulot. Tu cites Neruda. Tu rédiges un mail collectif qui répudie toutes tes *sucias*. Tu bloques leurs adresses mail. Tu changes de numéro. Tu arrêtes de boire. Tu arrêtes de fumer. Tu déclares être un accro au sexe et commences à assister à des réunions. Tu rejettes la responsabilité sur ton père. Tu rejettes la responsabilité sur ta mère. Tu rejettes la responsabilité sur le patriarcat. Tu rejettes la responsabilité sur Saint-Domingue. Tu trouves un psy. Tu fermes ton compte Facebook. Tu lui donnes les mots de passe de toutes tes messageries électroniques. Tu commences à prendre des cours de salsa comme tu l'as toujours promis pour que vous puissiez danser ensemble. Tu dis que tu étais malade, tu dis que tu étais faible – C'était à cause du livre ! À cause de la pression ! – et chaque heure qui passe, comme une horloge parlante, tu dis que tu regrettes terriblement. Tu essaies tout, mais un jour elle se redressera simplement dans le lit et dira : C'est fini, puis : *Ya*, et tu devras quitter l'appart de Harlem que vous avez partagé. Tu envisages de ne pas partir. Tu envisages un sitting de protestation. De fait, tu dis que tu refuses de partir. Mais tu finis par t'en aller.

156

Guide amoureux de l'amant infidèle

Pendant un temps, tu hantes la ville, comme un joueur de base-ball de seconde zone qui rêve d'intégrer l'équipe première. Tu l'appelles chaque jour et laisses des messages auxquels elle ne répond pas. Tu lui écris de longues lettres à fleur de peau, qu'elle retourne sans les avoir ouvertes. Tu vas même chez elle à des heures indues et à son boulot au centre de Manhattan jusqu'à ce que sa petite sœur t'appelle, celle qui a toujours été de ton côté, et qu'elle annonce la couleur : Si tu essaies encore une fois d'entrer en contact avec sa sœur, elle portera plainte pour harcèlement.

Certains négros n'en auraient rien à foutre.

Mais tu n'es pas un négro de ce genre.

Tu arrêtes. Tu retournes t'installer à Boston. Tu ne la revois jamais.

L'an 1

D'abord, tu fais comme si ça ne comptait pas. Tu lui reprochais un tas de choses, de toute façon. Oh, que oui ! Elle n'était pas douée pour tailler une pipe, tu détestais le duvet de ses joues, elle ne s'épilait jamais la chatte, ne faisait jamais le ménage, etc. Pendant quelques semaines tu réussis presque à t'en convaincre. Évidemment, tu te remets à boire et à fumer, tu cesses d'aller voir ton psy et d'assister aux réunions d'accros au sexe, et tu te tapes n'importe quelle pétasse comme au bon vieux temps, comme si de rien n'était.

Me revoilà, tu dis à tes potes.

Elvis se marre. C'est comme si t'étais jamais parti.

Tu vas bien pendant environ une semaine. Puis tu commences à avoir de brusques changements d'humeur. Un instant tu te retiens de sauter dans la voiture pour aller la voir, l'instant d'après tu appelles une *sucia* pour lui dire : C'est toi que j'ai toujours voulue. Tu perds ton sang-froid avec tes amis, tes étudiants, tes collègues. Tu pleures chaque fois que tu entends Monchy & Alexandra, ses chanteurs préférés.

Guide du loser amoureux

Boston, où tu n'avais jamais voulu habiter, où tu as l'impression d'être en exil, devient un vrai souci. Tu as du mal à t'y adapter ; à t'adapter au dernier métro à minuit, à la morosité des habitants, au manque criant de cuisine du Sichuan. Comme un fait exprès, un tas d'incidents racistes commencent à se produire. Peut-être cela a-t-il toujours été le cas, peut-être y es-tu devenu plus sensible après tout ce temps passé à New York. Des blancs pilent au feu rouge et te gueulent dessus, la figure déformée par la rage, comme si tu venais de renverser leur mère. Flippant. Avant même que tu aies la moindre idée de ce qui se passe, ils te font un doigt et démarrent en trombe. Ça n'arrête pas. Les vigiles te suivent à la trace dans les magasins et chaque fois que tu pénètres sur le campus de Harvard, on te demande une pièce d'identité. À trois reprises, des blancs te cherchent des noises dans différents quartiers de la ville.

Tu prends tout ça très à cœur. Tu fulmines, j'espère que quelqu'un va larguer une putain de bombe sur cette ville. Voilà pourquoi les gens de couleur ne veulent pas habiter ici. Pourquoi tous mes étudiants noirs et latinos se cassent dès qu'ils peuvent.

Elvis ne dit rien. Il est né et a grandi à Jamaica Plain, il sait qu'il est aussi facile de décoincer Boston que de se protéger d'un coup de feu derrière une tranche de pain de mie. Tu vas bien ? il finit par demander.

Je pète la forme, tu dis. *Mejor que nunca.*

Sauf que ce n'est pas vrai. Tu as perdu tous les amis communs que vous aviez à New York (ils ont pris son parti), ta mère ne t'adresse plus la parole depuis ce qui s'est passé (elle avait plus d'affection pour ta fiancée que pour toi), et tu te sens terriblement coupable et terriblement seul. Tu continues à lui écrire des lettres, pour le jour où tu pourras les lui remettre en main propre. Et tu continues à baiser tout ce qui bouge. Thanksgiving, tu finis par le passer seul chez toi parce que tu n'oses pas voir ta mère et que l'idée que les autres aient pitié de toi te met en rage. Ton ex, comme tu

Guide amoureux de l'amant infidèle

l'appelles désormais, préparait toujours le repas : une dinde, un poulet, un *pernil*. Mettait de côté toutes les cuisses pour toi. Ce soir-là, tu bois jusqu'à tomber ivre mort, mets deux jours à t'en remettre.

Tu penses que ça ne peut pas être pire. Tu penses mal. Pendant les examens de fin d'année tu sombres dans la dépression, si profondément que tu doutes qu'on puisse donner un nom à cette chose. Tu as l'impression d'être lentement déchiqueté, atome après atome.

Tu ne fais plus de muscu, ne sors plus boire un verre ; tu ne te rases plus, ne fais plus ta lessive ; de fait, tu ne fais presque plus rien. Tes amis commencent à s'inquiéter pour toi, ce n'est pourtant pas le genre à s'inquiéter. Je vais bien, tu leur dis, mais chaque semaine qui passe aggrave ta dépression. Tu tentes de la décrire. Comme le crash d'un avion au fond de ton âme. Elvis pratique la shiv'ah avec toi à l'appart ; il te tapote l'épaule, te dit de ne pas t'en faire. Quatre ans plus tôt, un Humvee a explosé en retombant sur Elvis sur une autoroute de Bagdad. L'épave en flammes l'a immobilisé pendant ce qui lui a semblé durer une semaine, alors question douleur, il en connaît un rayon. Le dos, le cul et le bras droit si brûlés que même toi, M. le Dur-à-Cuire, ne peux soutenir leur vue. Respire, il te dit. Tu respires sans interruption, comme un marathonien, mais rien n'y fait. Tes petites lettres deviennent de plus en plus pitoyables. *S'il te plaît*, tu écris. *S'il te plaît, reviens.* Tu rêves qu'elle te parle comme au bon vieux temps – de ce doux espagnol du Cibao, sans aucun signe de colère ou de déception. Puis tu te réveilles.

Tu ne dors plus et certains soirs, quand tu es ivre et seul, tu as la pulsion loufoque d'ouvrir la fenêtre de ton appart du quatrième étage et de faire le saut de l'ange dans la rue. S'il n'y avait pas eu deux ou trois choses pour te retenir, tu l'aurais probablement fait. Mais primo, tu n'es pas suicidaire ; deuxio, ton pote Elvis te tient à l'œil – il est tout le temps là, scotché à la fenêtre comme s'il lisait dans tes

Guide du loser amoureux

pensées. Et tertio, tu nourris le ridicule espoir qu'elle te pardonne un jour.

Elle n'en fait rien.

L'an 2

Tu survis aux deux semestres, de justesse. C'est vraiment une longue période de merde, puis la folie commence à s'estomper. Tu as l'impression d'émerger de la pire fièvre de ta vie. Tu n'es plus tout à fait le même (ha! ha!) mais tu peux rester près d'une fenêtre sans éprouver d'étranges pulsions, c'est un début. Malheureusement, tu as pris vingt kilos. Un de tes jeans te va encore, mais plus aucun costume. Tu ranges toutes les photos d'elle, tu dis adieu à son physique de Wonder Woman. Tu vas chez le coiffeur, te fais couper les cheveux et raser la barbe pour la première fois depuis des lustres.

Tu es guéri? demande Elvis.

Je suis guéri.

Une mamie blanche te crie dessus à un feu rouge et tu fermes les yeux jusqu'à ce qu'elle s'en aille.

Trouve-toi une nouvelle copine, te conseille Elvis. Il porte sa fille avec légèreté. *Clavo saca clavo.*

Rien ne *saca* rien, tu réponds. Tu ne retrouveras jamais quelqu'un comme elle.

OK. Mais trouve-toi quand même une copine.

Sa fille est née en février. Si ça avait été un garçon, Elvis l'aurait appelé Irak, te dit sa femme.

Je suis sûr qu'il plaisantait.

Elle le regarde s'affairer sur sa fourgonnette. Je ne crois pas.

Il met sa fille dans tes bras. Trouve-toi une gentille Dominicaine, il dit.

Tu tiens le bébé de façon hésitante. Ton ex n'a jamais voulu d'enfant mais vers la fin elle t'avait fait passer un test de fertilité, au cas où elle aurait changé d'avis au dernier

Guide amoureux de l'amant infidèle

moment. Tu poses les lèvres sur le ventre de la petite et souffles. Parce que ça existe ?
Tu t'en étais trouvé une, non ?
Ça, oui.

Tu fais table rase. Tu coupes les ponts avec toutes les anciennes *sucias*, même l'Iranienne que tu as sautée tout le temps où tu étais avec ta fiancée. Tu veux tourner la page. Ça prend du temps – après tout, les ex sont les plus difficiles à plaquer – mais tu finis par leur tourner le dos et, une fois que tu l'as fait, tu te sens plus léger. J'aurais dû le faire depuis des années, tu déclares, et ta copine Arlenny, qui n'a jamais, au grand jamais, fricoté avec toi (Dieu merci, elle murmure) lève les yeux au ciel. Tu attends, disons, une semaine que la mauvaise énergie se dissipe puis tu recommences à fréquenter des filles. Comme n'importe qui, tu dis à Elvis. Sans aucun mensonge. Elvis ne dit rien, se contente de sourire.

Dans un premier temps, tout se passe bien : tu obtiens des numéros de téléphone, mais personne que tu veuilles présenter à tes proches. Puis, après la ruée du début, tout se tarit. Ce n'est pas qu'une simple traversée du désert ; c'est carrément Arrakeen, putain. Tu passes ton temps à sortir, mais personne ne semble mordre à l'hameçon. Pas même les nanas qui jurent qu'elles *adorent les Latinos,* et il y a même une fille, quand tu lui dis que tu es dominicain, qui répond : Tout mais pas ça, et fonce droit vers la sortie. Ah bon ? tu réponds. Tu commences à te demander s'il n'y a pas une inscription secrète gravée sur ton front. Si certaines de ces garces ne sont pas *au courant.*

Sois patient, te conseille Elvis. Il bosse pour un proprio du ghetto et t'emmène avec lui le jour de la collecte. Tu te révèles un renfort de poids. Les mauvais payeurs jettent un coup d'œil à ta mine renfrognée et crachent leurs arriérés de loyer en vitesse.

Un mois, deux mois, trois mois, puis une lueur d'espoir. Elle s'appelle Noemi, Dominicaine de Baní – dans

Guide du loser amoureux

le Massachusetts tous les *domos* sont apparemment de Baní –, et vous faites connaissance au Sofia quelques mois avant sa fermeture, qui traumatisera à jamais la communauté latino de Nouvelle-Angleterre. Elle n'arrive pas à la cheville de ton ex, mais elle est quand même pas mal. Une infirmière, et quand Elvis se plaint d'avoir mal au dos, elle se met à dresser la liste de tous les pépins possibles. Elle est immense, a une peau incroyable et, pour couronner le tout, ne se *privar* de rien; elle a même l'air gentille. Elle sourit souvent et quand elle se sent mal à l'aise vous souffle : Dis-moi un truc. Les inconvénients : elle n'arrête pas de bosser et a un petit garçon de quatre ans, Justin. Elle te montre des photos; le môme a tout pour devenir une star du rap si elle ne fait pas gaffe. Elle l'a eu avec un *banilejo* qui avait déjà quatre gosses de quatre femmes différentes. Et qu'est-ce qui t'a fait croire que c'était une bonne idée de sortir avec ce mec? tu demandes. J'étais bête, elle admet. Où l'as-tu rencontré? Comme toi, elle dit. Dans un club.

En temps normal tu laisserais tomber, mais Noemi n'est pas seulement sympa, elle est aussi canon. Une de ces mamans sexy, la première fois depuis un an que quelqu'un t'excite. Le simple fait d'attendre debout à ses côtés pendant qu'une hôtesse va chercher la carte des menus te donne une érection.

Le dimanche est son seul jour de repos – le Père aux Cinq Gosses s'occupe de Justin ce jour-là, ou plus précisément, lui et sa nouvelle copine s'occupent de Justin ce jour-là. Toi et Noemi accomplissez un petit rituel : le samedi tu l'emmènes dîner au restaurant – elle n'avale rien qui lui paraisse un tant soit peu exotique, du coup vous mangez invariablement italien – puis elle dort chez toi.

Alors, elle est suave, sa *toto*? demande Elvis après la première nuit.

Pas suave, vu que Noemi ne te laisse pas la goûter! Trois samedis de suite elle dort chez toi, et trois samedis de suite, *nada*. Quelques baisers, quelques caresses, mais rien de

162

Guide amoureux de l'amant infidèle

plus. Elle apporte son oreiller, un de ces trucs en mousse hors de prix, et sa brosse à dents, puis remballe tout le dimanche matin. T'embrasse à la porte en partant; tout ça est trop chaste pour toi, trop peu prometteur.

Pas de *toto* ? Elvis semble estomaqué.

Pas de *toto*, tu confirmes. Je suis en sixième ou quoi?

Tu sais bien qu'il faut te montrer patient. Tu sais bien qu'elle te met à l'épreuve. Elle a sans doute eu un tas de mauvaises expériences avec des queutards. En l'occurrence, le père de Justin. Mais ça t'exaspère qu'elle se soit offerte à une brute sans boulot, sans diplôme, sans rien, et qu'après elle te fasse bondir à travers des cerceaux en feu. En fait, ça te rend fou.

On se voit? elle demande la quatrième semaine, et tu manques répondre oui, mais ta bêtise reprend le dessus.

Ça dépend, tu dis.

De quoi? Elle se méfie tout de suite et cela ajoute à ton irritation. Elle était où, sa méfiance, quand elle a permis au *banilejo* de la baiser sans capote?

Si t'as bientôt l'intention de me laisser te mettre la main dans la culotte.

Oh, la classe. Tu sais qu'après avoir dit un truc pareil, ton compte est bon.

Noemi garde le silence. Puis elle ajoute : Je raccroche avant de dire quelque chose qui risque de te déplaire.

C'est ta dernière chance, mais au lieu de lui demander pardon, tu aboies : Très bien.

Dans l'heure qui suit, elle t'efface de son compte Facebook. Tu envoies un message comme un ballon d'essai, mais il reste sans réponse.

Des années plus tard tu la verras à Dudley Square mais elle fera semblant de ne pas te reconnaître, et tu n'insisteras pas.

Bien joué, dit Elvis. Bravo.

Vous surveillez sa fille qui court sur l'aire de jeux près de Columbia Terrace. Il se veut réconfortant. Elle avait un môme. C'était probablement pas pour toi.

163

Guide du loser amoureux

Probablement.

Même cette petite rupture est ennuyeuse parce qu'elle te fait tout de suite repenser à ton ex. Te replonge dans la dépression. Cette fois-ci, tu t'y enfonces pendant six mois avant de revenir au monde.

Après t'être ressaisi, tu dis à Elvis : Je pense que j'ai besoin de lever le pied avec les nanas.

Qu'est-ce que tu comptes faire ?

M'occuper de moi un moment.

Bonne idée, dit sa femme. D'ailleurs, on rencontre toujours l'amour quand on s'y attend le moins.

C'est ce que tout le monde dit. C'est plus facile à dire que : Ça craint, bordel.

Ça craint, bordel, dit Elvis. Tu te sens mieux ?

Pas vraiment.

Sur le chemin du retour, une Jeep te dépasse en trombe ; le conducteur te traite de *sale bougnoul*. Une de tes ex-*sucias* met en ligne un poème à ton sujet. Il s'intitule *El Puto*.

L'an 3

Tu lèves le pied. Tu essaies de te concentrer sur le travail, sur l'écriture. Tu commences trois romans : un dont le sujet est un *pelotero*, l'autre un *narco*, le dernier un *bachatero* – tous fument à la pipe. Tu prends tes cours au sérieux et pour ta santé, tu fais de la course à pied. Tu en faisais dans le temps et tu te dis que ça te permettra de penser à autre chose. Tu devais en avoir sacrément besoin parce qu'une fois lancé tu cours quatre, cinq, voire six fois par semaine. C'est ta nouvelle drogue. Tu cours le matin et tu cours tard le soir quand il n'y a personne sur les berges de la Charles. Tu cours si intensément qu'on dirait que ton cœur va s'arrêter. Quand vient l'hiver, une part de toi craint que tu ne craques – l'hiver à Boston relève de l'attaque terroriste – mais tu as besoin d'exercice plus que tout alors tu t'y tiens même si les arbres ont perdu leur feuillage, les chemins sont

164

Guide amoureux de l'amant infidèle

désertés et le gel te transperce les os. Bientôt, il ne reste plus que toi et une poignée de fous furieux. Ton corps change, bien sûr. Tu perds toute la graisse de la boisson et du tabac et tes jambes ont l'air d'appartenir à quelqu'un d'autre. Chaque fois que tu penses à ton ex, chaque fois que la solitude surgit comme un volcan bouillonnant de lave, tu laces tes baskets pour t'élancer sur les chemins et ça te fait du bien ; vraiment.

Vers la fin de l'hiver, tu connais tous les habitués du matin et il y a même une fille qui t'inspire un vague espoir. Vous vous croisez quelques fois par semaine et c'est un plaisir pour les yeux, une vraie gazelle – quelle vélocité, quelle allure et quel incroyable *cuerpazo*, putain. Elle a des traits de Latina mais ton radar est hors service depuis un moment, il se pourrait aussi bien que ce soit une *morena*. Elle te sourit toujours quand tu passes. Tu envisages de t'effondrer devant elle – Ma jambe ! Ma jambe ! – mais ça te paraît complètement *cursí*. Tu espères tomber sur elle en ville.

La course à pied te fait un bien fou mais au bout de six mois, tu ressens une douleur au pied droit. Sur la face intérieure de la voûte plantaire, une sensation de brûlure qui ne s'estompe pas malgré quelques jours de repos. Bientôt, tu boitilles, même quand tu ne cours pas. Tu vas aux urgences et l'infirmier appuie avec le pouce, te regarde grimacer de douleur et t'annonce que tu souffres d'une fasciite plantaire.

Tu n'as aucune idée de ce que c'est. Quand pourrai-je me remettre à courir ?

Il te donne une brochure. Parfois, ça prend un mois. Parfois six mois. Parfois un an. Un silence. Parfois, c'est plus long.

Ça te plombe tellement le moral que tu rentres chez toi te coucher dans le noir. Tu as peur. Je ne veux pas replonger, tu dis à Elvis. Alors ne replonge pas, il dit. Comme une tête de mule, tu continues de courir mais la douleur ne fait que s'amplifier. Finalement, tu abandonnes. Tu ranges tes baskets. Tu fais la grasse mat'. Quand tu vois des gens courir

165

Guide du loser amoureux

sur les chemins, tu te détournes. Tu te surprends à sangloter devant la vitrine des magasins de sport. Sur un coup de tête, tu appelles ton ex, mais bien sûr elle ne répond pas. Étrangement, le fait qu'elle n'ait pas changé de numéro te donne de l'espoir, même si tu as entendu dire qu'elle sort avec quelqu'un. Le bruit court que le mec se conduit super bien avec elle.

Elvis t'encourage à essayer le yoga, la version mi-Bikram qu'on enseigne à Central Square. Y a des nanas de malade là-bas, putain, il dit. Je veux dire, des tonnes de nanas. Tu as beau ne pas être d'humeur pour les nanas en ce moment, tu ne veux pas perdre la condition physique que tu t'es forgée, alors tu tentes le coup. Tu te passerais bien de tout le tralala genre namaste, mais tu te lances et pratiques bientôt le vinyasa avec les meilleurs d'entre eux. Elvis avait raison. Y a des nanas de malade, toutes à lever les fesses, mais aucune d'elles n'attire ton attention. Une miniature de *blanquita* tente de faire la conversation avec toi. Elle semble impressionnée que de tous les mecs du cours tu sois le seul à ne jamais retirer ton tee-shirt, mais tu fuis son sourire de péquenaude. Qu'est-ce que tu irais foutre d'une *blanquita*?

Baise-la un bon coup, suggère Elvis.

Case-lui une graine au fond de la gorge, appuie ton pote Darnell.

Donne-lui une chance, propose Arlenny.

Mais tu ne fais rien de tout ça. À la fin des cours tu vas ramasser dare-dare ton tapis et elle reçoit le message. Elle ne flirte plus avec toi, même si parfois pendant un exercice elle te lance des regards libidineux.

Le yoga vire à l'obsession pour toi et bientôt tu emportes ton tapis partout. Tu ne rêves plus que ton ex t'attend devant chez toi, même si tu l'appelles encore de temps à autre en laissant sonner le téléphone jusqu'au déclenchement du répondeur.

Tu te mets enfin à l'écriture de ton roman apocalyptique consacré aux années quatre-vingt – « se mettre enfin » signi-

166

Guide amoureux de l'amant infidèle

fiant que tu écris un paragraphe – et dans un accès de confiance tu commences à fréquenter une jeune *morena* de la fac de droit de Harvard dont tu fais connaissance à l'Enormous Room. Elle est deux fois plus jeune que toi, un de ces super génies titulaires d'une maîtrise à dix-neuf ans, et absolument ravissante. Elvis et Darnell approuvent. Sensass', ils disent. Arlenny tique. Elle est vraiment jeune, non ? Oui, elle est vraiment jeune, et vous n'arrêtez pas de baiser, et pendant l'acte, vous vous accrochez l'un à l'autre comme si votre vie en dépendait mais après ça, tu pèles comme si tu avais honte de vous. La plupart du temps tu soupçonnes qu'elle a pitié de toi. Elle dit qu'elle aime ton esprit, mais vu qu'elle est plus intelligente que toi, cela te paraît douteux. Ce qui semble lui plaire, c'est ton corps, toujours à le toucher. Je devrais reprendre la danse classique, elle dit en te déshabillant. Mais tu perdrais tes formes, tu fais remarquer, et elle rit. Je sais, c'est tout le dilemme.

Tout se passe au mieux, se passe à merveille et puis, en pleine salutation au soleil tu sens un changement au niveau des reins et *pan !* – c'est comme une soudaine panne de courant. Tu perds toute force, contraint de t'allonger. Oui, te conseille le prof, reposez-vous s'il le faut. À la fin du cours, tu as besoin d'un coup de main de la petite blanche pour te relever. Tu veux que je te dépose quelque part ? Mais tu secoues la tête. Le retour chez toi prend des allures de marche de la mort de Bataan. Devant le Plough & Stars tu t'effondres contre un panneau Stop et appelles Elvis avec ton mobile.

Il se pointe en un éclair avec un canon à ses basques. C'est une authentique Capverdienne de Cambridge. Ils ont l'air d'avoir baisé juste avant. C'est qui ? tu demandes, et il secoue la tête, te traîne aux urgences. Le temps que la toubib apparaisse, tu es tout ratatiné comme un vieillard.

Il semble que vous souffriez d'une rupture de disque intervertébral, elle annonce.

Youpi, tu dis.

Guide au loser amoureux

Tu restes alité pendant deux bonnes semaines. Elvis t'apporte à manger et reste assis à côté de toi pendant que tu manges. Il te parle de la Capverdienne. Elle a une chatte de rêve, il dit. C'est comme mettre sa bite dans une mangue chaude.

Tu l'écoutes un peu puis tu dis : Ne finis pas comme moi, c'est tout ce que je te demande.

Elvis sourit jusqu'aux oreilles. Merde, personne ne pourrait finir comme toi. Tu es un spécimen unique de Dominicain.

Sa fille jette tes livres par terre. Tu t'en fous. Ça va peut-être l'encourager à lire, tu dis.

Donc maintenant, y a le pied, le dos et le cœur. Tu ne peux plus courir, ni faire de yoga. Tu t'essaies à la petite reine, croyant pouvoir jouer les Armstrong, mais ça te détruit le dos. Alors tu te contentes de la marche. Tu en fais une heure chaque matin et une heure chaque soir. Il n'y a aucun afflux au cerveau, aucune pression sur les poumons, aucun choc massif de ton système mais c'est mieux que rien.

Un mois plus tard, l'étudiante en droit te plaque pour un de ses camarades de classe, te dit que c'était génial mais qu'il faut être réaliste. Traduction : Faut que j'arrête de me taper des vieux. Plus tard tu l'aperçois sur le Yard avec ledit camarade. Il a le teint encore plus clair que toi, semble néanmoins incontestablement noir. On dirait aussi qu'il mesure deux mètres cinquante et ressemble à une planche anatomique. Ils marchent main dans la main et elle a l'air tellement heureuse que tu essaies de trouver de la place au fond de ton cœur pour ne pas lui en vouloir. Deux secondes après, un vigile s'approche de toi et te demande une pièce d'identité. Le lendemain un petit blanc à vélo te jette une boîte de Coca light dessus.

Les cours reprennent et les tablettes de ton abdomen ont déjà été réabsorbées, comme des îlots dans une mer de lard qui monte. Tu passes en revue les nouvelles étudiantes de premier cycle à la recherche d'une possibilité, mais il n'y a

168

Guide amoureux de l'amant infidèle

rien. Tu regardes beaucoup la télé. Parfois, Elvis se joint à toi puisque sa femme lui interdit de fumer de l'herbe chez eux. Il s'est mis au yoga après avoir constaté l'effet que cela a eu sur toi. Et puis y a des tas de nanas, il dit, avec un grand sourire. Tu veux ne pas le détester.

Que devient la Capverdienne ?

Quelle Capverdienne ? il répond, pince-sans-rire.

Tu fais de légers progrès. Tu lèves un peu de fonte, fais des pompes et quelques vieux mouvements de yoga, mais en prenant tes précautions. Tu dînes parfois avec des filles. L'une d'elles est mariée et canon, genre quadra dominicaine de la petite bourgeoisie. Tu devines qu'elle se demande si elle va coucher avec toi, et tout le temps que tu manges tes côtelettes tu as l'impression d'être sur le banc des accusés. À Saint-Domingue il me serait impossible de te rencontrer comme ça, elle dit avec une grande générosité. Presque toutes ses phrases commencent par À Saint-Domingue. Elle fait une année d'études à l'école de commerce et vu sa façon d'en faire des tonnes au sujet de Boston, tu vois que la République dominicaine lui manque, qu'elle n'habiterait nulle part ailleurs.

Boston est vraiment raciste, tu lances pour orienter la conversation.

Elle te regarde comme si tu étais fou. Boston n'est pas raciste, elle dit. Elle récuse aussi l'idée du racisme à Saint-Domingue.

Parce que les Dominicains aiment les Haïtiens, maintenant ?

Ce n'est pas une question de race. Elle appuie sur chaque syllabe. C'est une question de nationalité.

Évidemment, vous finissez au lit ensemble, et c'est pas mal, sauf qu'elle n'atteint jamais l'orgasme et qu'elle passe son temps à se plaindre de son mari. Elle a des exigences, si vous voyez ce que je veux dire, et bientôt tu l'escortes en ville et au-delà : à Salem pour Halloween, à Cape Cod pour un week-end. Plus personne ne t'emmerde au volant quand

169

Guide du loser amoureux

tu es avec elle ni ne te demande une pièce d'identité. Partout où vous allez elle prend des photos, mais jamais de toi. Elle écrit des cartes postales à ses mômes quand vous êtes au lit.

À la fin du semestre, elle rentre chez elle. Chez moi, pas chez toi, elle dit avec irritation. Elle veut sans cesse te prouver que tu n'es pas un vrai Dominicain. Si je ne suis pas un vrai Dominicain, alors personne ne l'est, tu réponds du tac au tac, ce qui la fait rire. Dis-le en espagnol, te met-elle au défi, et bien sûr tu en es incapable. Le jour du départ tu la déposes à l'aéroport où aucun baiser déchirant à la *Casablanca* n'est échangé, un simple sourire et une petite étreinte de chochotte où ses prothèses mammaires s'écrasent contre toi avec quelque chose d'irrévocable. Écris-moi, tu lui dis, et elle répond : *Por supuesto*, mais bien sûr vous n'en faites rien. Tu finis par effacer son numéro de ton téléphone mais pas les photos d'elle nue et endormie que tu as prises au lit, celles-là, jamais.

L'an 4

Des faire-part de mariage de tes ex-*sucias* commencent à affluer dans ta boîte aux lettres. Tu ignores totalement comment expliquer cette *bizarrería*. Tu te dis : Mais putain, qu'est-ce que... Tu les montres à Arlenny pour qu'elle t'éclaire. Elle tourne et retourne les cartes. Faut croire que ça illustre ce que Oates a dit : La meilleure vengeance, c'est de vivre bien, sans toi. J'emmerde Hall et Oates, dit Elvis. Ces pétasses nous prennent pour des pétasses. Elles croient qu'on en a quelque chose à foutre, de ces conneries. Il jette un œil à l'invit'. C'est moi ou toutes les Asiates de cette planète épousent un blanc ? C'est dans leurs gènes ou quoi ?

Cette année-là, tes bras et tes jambes commencent à te causer des soucis, s'engourdissent occasionnellement, vacillent comme lors d'une panne de courant là-bas, au pays. Une étrange sensation d'aiguilles et de picotements. Mais putain, c'est quoi ça ? tu te demandes. Pourvu que je

Guide amoureux de l'amant infidèle

sois pas en train de crever. Tu fais sans doute trop de muscu, dit Elvis. Mais je n'en fais presque plus, tu protestes. Sans doute le stress, te dit l'infirmier aux urgences. Tu l'espères, fléchissant les mains, inquiet. Tu l'espères vraiment.

En mars tu vas à San Francisco faire une conférence qui ne se passe pas bien; il n'y a presque personne dans la salle hormis ceux que leur prof a forcés à venir. Après ça, tu vas seul chez K-town te gaver de kalbi jusqu'à t'éclater la panse. Tu conduis quelques heures, uniquement pour te faire une idée de la ville. Tu as des amis qui habitent ici, mais tu ne les appelles pas vu que tu sais qu'ils voudront seulement parler du bon vieux temps, de ton ex. Tu as aussi une *sucia* en ville et tu finis par l'appeler, mais en entendant ton nom elle te raccroche au nez.

Quand tu rentres à Boston, l'étudiante en droit t'attend dans le hall de ton immeuble. Tu es surpris, excité et un peu méfiant. Quoi de neuf?

On se croirait dans une mauvaise série télé. Tu constates qu'elle a aligné trois valises dans l'entrée. Et en y regardant de plus près, ses magnifiques yeux d'odalisque sont rougis d'avoir pleuré, son mascara appliqué de frais.

Je suis enceinte, elle dit.

Dans un premier temps, tu ne captes pas. Tu plaisantes : Et alors?

Espèce d'enfoiré. Elle se met à pleurer. C'est sans doute ton imbécile d'enfant, putain.

Il y a surprise et surprise, et puis il y a ça.

Tu ne sais pas quoi dire ni quoi faire, du coup tu la fais monter. Tu portes les valises malgré ton dos, malgré ton pied, malgré tes bras vacillants. Elle ne dit rien, serre son oreiller contre son pull Howard. C'est une fille du Sud au maintien d'une suprême raideur et quand elle s'assoit tu as l'impression qu'elle s'apprête à te soumettre à un interrogatoire. Après lui avoir servi du thé, tu lui demandes : Tu vas le garder?

Bien sûr, que je vais le garder.

Guide du loser amoureux

Et Kimathi, dans tout ça?
Elle pige pas. Qui?
Ton Kenyan. Tu ne peux te résoudre à l'appeler son *petit ami.*
Il m'a foutue dehors. Il sait qu'il n'est pas de lui. Elle retire une peluche de son pull. Je vais ranger mes affaires, d'accord? Tu hoches la tête et la regardes faire. Elle est d'une beauté exceptionnelle. Tu penses à ce vieux dicton : Montrez-moi une belle fille et je vous montrerai quelqu'un qui est fatigué de la baiser. N'empêche, tu doutes de jamais pouvoir te fatiguer d'elle.
Mais il se peut qu'il soit de lui, non?
Il est de toi, compris ? Elle pleure. Je sais que tu ne veux pas qu'il soit de toi, mais c'est comme ça.
Tu es surpris de constater à quel point tu te sens vidé. Tu ne sais pas s'il faut faire preuve d'enthousiasme ou lui prodiguer ton soutien. Tu passes la main sur ta chevelure courte et clairsemée.
J'ai besoin de rester là, elle te dit plus tard, après que vous avez maladroitement baisé ensemble. J'ai nulle part où aller. Je ne peux pas retourner dans ma famille.
Quand tu racontes toute l'histoire à Elvis, tu t'attends à ce qu'il flippe, qu'il t'ordonne de la foutre à la porte. Tu crains sa réaction parce que tu sais que tu n'auras pas le cœur de la foutre à la porte.
Mais Elvis ne flippe pas. Il te tape dans le dos, le visage rayonnant. C'est génial, mec.
Comment ça, c'est génial?
Tu vas devenir papa. Tu vas avoir un fils.
Un fils? Qu'est-ce que tu racontes? C'est même pas sûr qu'il soit de moi.
Elvis ne t'écoute pas. Il sourit à quelque pensée intérieure. Il s'assure que sa femme n'est pas à portée de voix. Tu te souviens de la dernière fois qu'on est allés en République dominicaine?
Évidemment, que tu t'en souviens. Il y a trois ans. Tout le monde s'était éclaté sauf toi. Tu étais en pleine dépression,

172

Guide amoureux de l'amant infidèle

autrement dit tu passais la plupart de ton temps seul, à faire la planche dans l'océan, à te bourrer la gueule au bar ou à te promener sur la plage quand tout le monde dormait encore.

Et alors?

Bah, j'ai mis une fille en cloque pendant notre séjour.

Tu te fous de ma gueule?

Il hoche la tête.

En cloque?

Il hoche de nouveau la tête.

Elle l'a gardé?

Il fouille dans son téléphone. Te montre la photo du parfait petit garçon au petit visage le plus dominicain que tu aies jamais vu.

C'est mon fils, dit fièrement Elvis. Elvis Xavier Junior.

Attends, putain, t'es sérieux là? Si ta femme découvre...

Il se cabre. Elle découvrira que dalle.

Tu digères la nouvelle. Il te l'apprend derrière chez lui, près de Central Square. En été, ces rues grouillent d'activité mais aujourd'hui tu entends un geai haranguer d'autres oiseaux.

Un enfant, ça coûte la peau des fesses. Elvis te donne un coup dans le bras. Alors prépare-toi à être fauché comme les blés, mon pote.

De retour chez toi, tu t'aperçois que l'étudiante en droit a pris possession de deux placards, de la quasi-totalité de ton lavabo et que, plus important, elle s'est approprié ton lit. Elle a posé un oreiller et un drap sur le canapé. Pour toi.

Quoi, je n'ai pas le droit de partager le lit avec toi?

Je ne crois pas que ce soit bon pour moi, elle dit. Ce serait trop stressant. Je ne veux pas faire de fausse couche.

Difficile de la contredire. Ton dos ne se fait pas du tout au canapé, du coup tu te réveilles en ayant plus mal que jamais.

Y a qu'une garce de couleur pour venir se faire mettre en cloque à Harvard. Les blanches ne font pas ça. Les Asiates ne font pas ça. Y a qu'une noire ou une Latina, putain.

173

Guide du loser amoureux

Pourquoi se donner la peine d'entrer à Harvard si c'est pour se faire mettre en cloque? Autant rester dans son quartier pour faire une connerie pareille.

Voilà ce que tu écris dans ton journal. Le lendemain quand tu rentres de cours, l'étudiante en droit te jette le cahier à la figure. Je te hais, putain, elle hurle. J'espère qu'il n'est pas de toi. J'espère qu'il est de toi et qu'il sera mongolien.

Comment peux-tu dire ça? tu demandes. Comment peux-tu dire une chose pareille?

Elle va à la cuisine se servir un verre de whisky et tu te retrouves à lui arracher la bouteille des mains pour en verser le contenu dans l'évier. C'est ridicule, tu dis. Encore de la mauvaise série télé.

Elle ne t'adresse plus la parole pendant deux semaines entières, putain. Tu passes autant de temps que possible à ton bureau ou chez Elvis. Chaque fois que tu entres dans une pièce, elle ferme brusquement son ordinateur portable. Je t'espionne pas, putain, tu dis. Mais elle attend que tu t'en ailles pour se remettre à taper.

Tu ne peux pas foutre à la porte la mère de ton enfant, te rappelle Elvis. Ça flinguerait la vie de ce gamin. En plus, tu aurais un mauvais karma. Attends la naissance. Elle arrêtera de déconner.

Un mois passe, deux mois passent. Tu as la trouille de l'annoncer à quelqu'un d'autre, de partager la… quoi, la bonne nouvelle? Arlenny, tu le sais, foncerait chez toi pour la foutre à la porte illico. Ton dos te fait souffrir le martyre et l'engourdissement de tes bras devient quasi permanent. Sous la douche, le seul endroit de l'appart où tu peux être seul, tu te murmures : L'enfer, Netley. C'est l'enfer.

A posteriori, tu y repenseras comme à une terrible fièvre délirante, mais sur le moment tout évoluait avec une telle lenteur, semblait si concret. Tu l'accompagnes à ses rendez-vous. Tu l'aides à prendre ses vitamines et autres conneries.

Guide amoureux de l'amant infidèle

Tu paies pour presque tout. Elle ne dit rien à sa mère, du coup, tout ce qu'elle a, ce sont deux amies qui sont presque aussi souvent que toi à l'appart. Elles sont toutes membres du Groupe de Soutien de Crise d'Identité Biraciale et te considèrent peu chaleureusement. Tu attends qu'elle fonde, mais elle garde ses distances. Certains jours, pendant qu'elle dort et que tu essaies de travailler, tu te laisses aller à imaginer quel genre d'enfant tu auras. Si ce sera un garçon ou une fille, intelligent ou renfermé. S'il te ressemblera ou s'il lui ressemblera.

Vous avez réfléchi à un prénom? demande la femme d'Elvis.

Pas encore.

Taína si c'est une fille, elle suggère. Et Elvis si c'est un garçon. Elle lance un regard sarcastique à son mari puis éclate de rire.

Il me plaît mon prénom, dit Elvis. Je pourrais le donner à un garçon.

Faudra me passer sur le corps, répond sa femme. De toute façon, j'ai plié boutique.

Le soir, quand tu essaies de t'endormir, tu vois la lueur de son écran d'ordinateur par la porte entrouverte de la chambre, tu l'entends taper sur le clavier.

Tu as besoin de quelque chose?

Ça va, merci.

Tu vas quelquefois à la porte pour la regarder, attendant qu'elle t'appelle, mais elle te lance toujours un regard furieux et demande : Qu'est-ce que tu veux, putain?

Je vérifie que tout va bien, c'est tout.

Cinq mois, six mois, sept mois. Tu donnes un cours d'Introduction à la fiction quand tu reçois un texto d'une de ses copines disant qu'elle vient de commencer le travail, avec six semaines d'avance. Toutes sortes d'angoisses terribles te traversent. Tu n'arrêtes pas de l'appeler sur son mobile mais elle ne répond pas. Tu appelles Elvis qui ne répond pas non plus, alors tu vas à la maternité tout seul en voiture.

Guide du loser amoureux

Vous êtes le père? demande la femme à l'accueil.
Oui, tu dis d'un ton mal assuré.

On te conduit dans les couloirs, on te donne des sur-chaussures en te demandant de te laver les mains, on te donne des instructions sur la place que tu dois occuper et le déroulement de la procédure mais dès que tu entres dans la salle de naissance, l'étudiante en droit hurle : Je veux pas le voir ici ! Je veux pas le voir ici ! C'est pas lui le père !

Tu n'aurais jamais cru que ça puisse être aussi blessant. Ses deux copines se jettent sur toi mais tu es déjà sorti. Tu as eu le temps d'apercevoir la minceur de ses jambes cendreuses, le dos du gynéco et c'est à peu près tout. Tu es content de ne rien avoir vu de plus. Tu aurais eu l'impression de menacer sa sécurité. Tu retires les surchaussures ; tu attends un peu puis tu prends conscience de ce que tu fais et tu rentres chez toi.

Tu n'as plus de nouvelles d'elle que par sa copine, celle-là même qui t'a envoyé un texto pour te dire qu'elle était en salle de travail. Je passerai prendre ses affaires, OK ? Quand elle arrive, elle jette un œil craintif dans l'appart. Tu vas pas te défouler sur moi, hein ?

Non. Bien sûr que non. Après un silence, tu demandes : Pourquoi tu as dit ça ? Je n'ai jamais fait de mal à une femme de ma vie. Puis tu te rends compte de l'impression que ça donne – celle d'un type qui fait tout le temps du mal aux femmes. Tout rentre dans les trois valises, puis tu l'aides à les descendre comme tu peux dans son SUV.

Tu dois être soulagé, elle dit.

Tu ne réponds pas.

Et ça s'arrête là. Plus tard, tu apprends que le Kenyan lui a rendu visite à la maternité et que, quand il a vu l'enfant, une réconciliation émue a eu lieu, tout était pardonné.

C'est là que tu as fait une erreur, a dit Elvis. Tu aurais dû avoir un enfant avec ton ex. Comme ça elle t'aurait jamais quitté.

Guide amoureux de l'amant infidèle

Elle t'aurait quitté, dit Arlenny. Crois-moi.

Le reste du semestre part en grosse couille. Les pires évaluations depuis six ans que tu es prof. Ton seul étudiant de couleur ce semestre-là écrit : Il soutient qu'on est incultes mais ne nous donne aucun moyen de palier nos insuffisances. Un soir tu appelles ton ex et quand le message du répondeur s'enclenche, tu dis : On aurait dû faire un enfant. Puis tu raccroches, honteux. Pourquoi tu as dit ça? tu te demandes. Désormais, c'est sûr, elle ne te parlera plus jamais.

Je ne crois pas que le problème vienne de ce coup de fil, dit Arlenny.

Vise un peu ça. Elvis te montre une photo d'Elvis Jr tenant une batte de base-ball entre les mains. Ce môme va être un monstre.

Pour les vacances de Noël, tu pars en République dominicaine avec Elvis. Qu'est-ce que tu pourrais faire d'autre? T'as rien à glander, hormis secouer les bras chaque fois qu'ils s'engourdissent.

Elvis ne touche plus terre. Il a trois valises pleines de trucs pour le môme, parmi lesquels son premier gant, sa première balle et son premier maillot de base-ball. Environ dix-huit kilos de fringues et autres babioles pour la Petite *Mama*. Même qu'il a tout planqué chez toi. Tu es chez lui quand il fait ses adieux à sa femme, sa belle-mère et sa fille. Sa fille n'a pas l'air de comprendre ce qui se passe mais quand la porte se referme, elle pousse un hurlement qui s'enroule autour de toi comme du barbelé. Elvis ne bronche pas. J'ai été comme ça moi aussi, tu te dis. Moi, moi, moi.

Évidemment, tu la cherches à bord de l'avion. C'est plus fort que toi.

Tu supposes que la Petite *Mama* habite un quartier pauvre comme Capotillo ou Los Alcarrizos, mais tu n'aurais jamais cru qu'elle habite les Nadalands. Tu es allé aux Nadalands quelquefois; merde, c'est de là que vient ta famille. Des cabanes de sans-abri là où il n'y a plus de route, plus

177

Guide du loser amoureux

d'éclairage, plus d'eau courante, plus d'électricité, plus rien, là où chaque maison de traviole est construite sur une autre, où tout n'est que boue, bidonvilles, motos, petits trafics, ploucs maigrichons et hilares à perte de vue, comme jetés en bas du précipice de la civilisation. Il faut laisser la *jeepeta* de location tout au bout de la route goudronnée pour grimper sur un *motoconcho*, les bagages en équilibre sur le dos. Personne n'y prête attention ; dans le genre chargement, ce n'est pas vraiment du sérieux : Tu as vu une famille de cinq personnes et leur cochon tenir sur une seule moto.

Tu finis par te garer devant une minuscule baraque d'où sort la Petite *Mama* – ambiance bienvenue au pays. Tu aimerais pouvoir dire que tu te souviens de la Petite *Mama* depuis ce voyage qui commence à dater, mais ce n'est pas le cas. Elle est grande et très massive, exactement comme Elvis les a toujours aimées. Elle n'a pas plus de vingt et un, vingt-deux ans, arbore un irrésistible sourire à la Georgina Duluc et, quand elle te voit, te donne un grand *abrazo*. Alors comme ça, le *padrino* s'est décidé à nous rendre visite, elle déclame d'une voix forte de *ronca campesina*. Tu fais aussi la connaissance de sa mère, sa grand-mère, son frère, sa sœur, ses trois oncles. Apparemment, il leur manque tous des dents.

Elvis soulève le môme. *Mi hijo*, il chante. *Mi hijo*.

Le môme se met à pleurer.

La maison de la Petite *Mama* est composée de seulement deux pièces, un lit, une chaise, une petite table, une seule loupiote au plafond. Plus de moustiques que dans un camp de réfugiés. Les eaux usées au fond. Tu regardes Elvis genre, putain, c'est quoi ce délire. Les quelques photos de famille accrochées au mur portent des taches d'humidité. Quand il pleut – la Petite *Mama* lève les mains – tout tombe.

T'inquiète, dit Elvis, je les fais déménager ce mois-ci, si j'arrive à trouver le fric.

L'heureux couple te laisse avec la famille et Elvis Jr pendant qu'ils font la tournée des *negocios* pour régler les

Guide amoureux de l'amant infidèle

ardoises et prendre le nécessaire. La Petite *Mama* tient aussi à exhiber Elvis, naturellement.

Tu restes assis sur une chaise en plastique devant la maison avec le petit sur les genoux. Les voisins t'admirent avec une avidité réjouissante. Une partie de dominos s'engage et tu fais équipe avec le frère ombrageux de la Petite *Mama*. Il ne lui faut pas cinq secondes avant de te demander de commander quelques *grandes* et une bouteille de Brugal au *colmado* du coin. Et aussi trois paquets de cigarettes, un salami et du sirop contre la toux pour une voisine dont la fille est congestionnée. *Ta muy mal*, elle dit. Bien sûr, tout le monde a une sœur ou une *prima* qu'il veut te présenter. *Que tan mas buena que el diablo*, ils t'assurent. Vous n'avez pas encore sifflé la première bouteille de *romo* que les sœurs et les *primas* se pointent déjà. Elles sont frustes, mais tu reconnais qu'elles font de leur mieux. Tu les invites toutes à s'asseoir, commandes d'autres bières et du mauvais *pica pollo*.

Dis-moi juste laquelle tu préfères, murmure un voisin, et je m'en occupe.

Elvis Jr t'observe avec une gravité considérable. C'est un *carajito* d'une beauté pénétrante. Il a plein de piqûres de moustiques sur les jambes et a une vieille croûte sur le crâne dont personne ne connaît l'origine. Tu éprouves soudain le besoin de le couvrir de tes bras, de tout ton corps.

Plus tard, Elvis Sr te met au parfum pour son plan. Je le ferai venir aux États-Unis dans quelques années. Je dirai à ma femme que c'était un accident, une aventure sans lendemain quand j'étais ivre, et que je viens de le découvrir.

Et ça va marcher?

Ça marchera, il dit avec irritation.

Ta femme n'avalera jamais ça, mon frère.

Qu'est-ce que t'en sais, putain? dit Elvis. C'est pas comme si t'avais des leçons à donner.

L'argument est imparable. À ce moment-là, tes bras te font un mal de chien, du coup tu prends le petit pour faire

Guide du loser amoureux

circuler le sang. Tu le regardes dans les yeux. Il te regarde dans les yeux. Il semble d'une prodigieuse sagesse. De la graine de MIT, tu dis, le nez dans ses cheveux crêpelés. Il se met à brailler et tu le reposes, le regardes courir.

C'est plus ou moins à ce moment-là que tu comprends.

Le premier étage de la maison est encore inachevé, des tiges d'acier sortent du parpaing tels d'horribles follicules noueux, Elvis et toi restez plantés là à boire des bières, les yeux au-delà des limites de la ville, au-delà des grandes antennes radio en forme de parabole dans le lointain, là-bas vers les montagnes du Cibao, la Cordillera Central, où ton père est né et d'où est originaire la famille de ton ex. C'est à couper le souffle.

Il n'est pas de toi, tu dis à Elvis.

De quoi tu parles?

Le petit n'est pas de toi.

Sois pas bête. Ce môme est mon portrait craché.

Elvis. Tu poses la main sur son bras. Tu le regardes droit dans les yeux. Te fous pas de ma gueule.

Un long silence. Mais il me ressemble.

Il te ressemble pas, mon frère.

Le lendemain, lui et toi embarquez le môme et repartez en ville, à Gazcue. Vous êtes obligés de littéralement repousser la famille pour l'empêcher de vous accompagner. Avant de partir, un des oncles te prend à part. Il faudrait vraiment que vous apportiez un frigo à ces gens. Puis le frère te prend à part. Et une télé. Puis la mère te prend à part. Un fer à cheveux.

La circulation dans le centre est digne de la bande de Gaza, on dirait qu'il y a un crash tous les cinq cents mètres, au point qu'Elvis n'arrête pas de menacer de faire demi-tour. Tu l'ignores. Tu vois défiler le béton délabré, les marchands qui portent sur leurs épaules toute la camelote du monde, les palmiers recouverts de poussière. Le môme s'accroche à toi. Tout ça n'a aucun sens, tu te dis. C'est un réflexe de *moro*, rien de plus.

Guide amoureux de l'amant infidèle

M'oblige pas à faire ça, Yunior, supplie Elvis.

Tu insistes. Il le faut, Elvis. Tu sais que tu ne peux pas vivre dans le mensonge. Ce ne sera bon ni pour le petit ni pour toi. Tu crois pas qu'il vaut mieux savoir ?

Mais j'ai toujours voulu un garçon, il dit. Toute ma vie, j'ai voulu ça. Quand je me suis retrouvé dans le merdier en Irak, j'arrêtais pas de me dire : Pitié mon Dieu, prête-moi vie assez longtemps pour que j'aie un fils, pitié, et Tu pourras me tuer tout de suite après. Et regarde, Il me l'a donné, pas vrai ? Il me l'a donné.

La clinique est un de ces bâtiments construits dans le style international sous le règne de Trujillo. Vous patientez à l'accueil. Vous tenez le petit par la main. Le môme te regarde avec une intensité lapidaire. La boue l'attend. Les piqûres de moustiques l'attendent. Les Nada l'attendent.

Vas-y, tu dis à Elvis.

Très franchement, tu penses qu'il ne le fera pas, que ça va en rester là. Qu'il prendra le petit, fera demi-tour pour rejoindre la *jeepeta*. Mais il porte le petit homme dans une pièce où on leur fait un prélèvement buccal, et c'est fini.

Tu demandes : On aura les résultats dans combien de temps ?

Un mois, te dit la technicienne.

Si long que ça ?

Elle hausse les épaules. Bienvenue à Saint-Domingue.

L'an 5

Tu penses que c'est la dernière fois que tu entendras parler de cette histoire, que, quoi qu'il arrive, les résultats n'y changeront rien. Mais un mois après le voyage, Elvis t'apprend que le test est négatif. Putain, il dit amèrement, putain, putain, putain. Après quoi il coupe les ponts avec le môme et sa mère. Change de numéro de mobile et d'adresse mail. J'ai dit à cette garce de ne plus chercher à me joindre. Y a des trucs qu'on peut pas pardonner.

Guide du loser amoureux

Évidemment, tu te sens très mal. Tu penses à la façon dont le petit t'a regardé. Donne-moi au moins son numéro, tu dis. Tu envisages de lui envoyer un peu de liquide chaque mois, mais il ne l'a pas gardé. Qu'elle aille se faire foutre, cette sale menteuse.

Tu penses qu'il devait s'en douter, au fond de lui, qu'il voulait peut-être que tu mettes les pieds dans le plat, mais tu laisses tomber, tu ne cherches pas à creuser la question. Il va désormais cinq fois par semaine à son cours de yoga, n'a jamais été aussi en forme, alors que de ton côté, tu es de nouveau contraint d'acheter des jeans une taille au-dessus. Quand tu vas chez Elvis, désormais, sa fille te saute dessus, t'appelle *Tío Junji*. C'est ton nom coréen, te chambre Elvis.

Pour lui, c'est comme si rien ne s'était passé. Tu aimerais pouvoir être aussi flegmatique.

Tu penses à eux, parfois ?

Il secoue la tête. Et je n'y penserai plus jamais.

L'engourdissement de tes bras et de tes jambes s'amplifie. Tu retournes consulter tes médecins qui te dirigent vers un neurologue, qui t'envoie passer une IRM. Il semble que vous ayez une sténose tout le long de la colonne vertébrale, déclare le médecin, impressionné.

C'est grave ?

C'est pas merveilleux. Vous avez fait de gros efforts physiques ?

À part livrer des tables de billard, vous voulez dire ?

Ça expliquerait. Le médecin plisse les yeux devant les résultats de l'IRM. On va essayer la thérapie physique. Si ça ne marche pas, on envisagera d'autres solutions.

Par exemple ?

Il joint les mains du bout des doigts, l'air contemplatif :
La chirurgie.

À partir de là, le peu de vie qui te reste vole en éclats. Un étudiant se plaint à la fac que tu lâches trop de jurons. Tu es obligé de rencontrer en tête à tête le doyen qui te dit en substance de la mettre en veilleuse. Les flics te demandent

Guide amoureux de l'amant infidèle

de te ranger sur le bas-côté trois week-ends d'affilée. Un jour, ils te font asseoir sur le trottoir, d'où tu vois circuler toutes les grosses cylindrées, leurs passagers te reluquant au passage. Dans le métro, tu jurerais l'avoir aperçue dans la foule à l'heure de pointe, et l'espace d'un instant tes genoux se dérobent sous toi, mais en fin de compte ce n'est qu'une autre *mujerón* latina en tailleur.

Bien sûr, tu rêves d'elle. Vous êtes en Nouvelle-Zélande ou à Saint-Domingue ou, chose invraisemblable, de retour à la fac, dans les dortoirs. Tu veux qu'elle prononce ton nom, te touche, mais elle n'en fait rien. Elle se contente de secouer la tête.

Ya.

*

Tu veux passer à autre chose, exorciser tout ça, alors tu te trouves un nouvel appart à l'autre extrémité du campus, avec vue sur la silhouette des bâtiments de Harvard. Tous ces incroyables clochers, y compris ton préféré, la dague grise de la vieille église baptiste de Cambridge. Quelques jours après ton arrivée, un aigle se pose dans l'arbre mort juste devant ta fenêtre au quatrième étage. Te regarde dans les yeux. Tu y vois un bon présage.

Un mois plus tard, l'étudiante en droit t'envoie une invitation à son mariage au Kenya. Une photo est jointe sur laquelle ils portent tous deux ce que tu supposes être l'habit kenyan traditionnel. Elle est très mince et très maquillée. Tu t'attends à un petit mot, la mention de ce que tu as fait pour elle, mais rien. Même l'adresse a été tapée sur ordinateur.

C'est peut-être une erreur, tu dis.

Ce n'était pas une erreur, t'assure Arlenny.

Elvis déchire l'invitation, la jette par la fenêtre de la fourgonnette. Qu'elle aille se faire foutre, cette garce. Que toutes les garces aillent se faire foutre.

Tu parviens à conserver un tout petit morceau de la photo. De sa main.

Guide du loser amoureux

Tu trimes comme jamais dans tous les domaines – tes cours, ta rééducation, ta thérapie, tes lectures, ta marche à pied. Tu attends que le poids disparaisse. Tu attends de ne plus du tout penser à ton ex. Ça ne vient pas.

Tu demandes à tous ceux que tu connais : Il faut combien de temps, en général, pour s'en remettre?

Il y a plusieurs formules. Un an pour chaque année de relation. Deux ans pour chaque année de relation. Ce n'est qu'une question de volonté : le jour où on décide de s'en remettre, on s'en remet. Tu ne t'en remets jamais.

Un soir de cet hiver-là, tu sors avec tous les potes dans un club latino du ghetto à Mattapan Square. Un putain de coupe-gorge. Il fait près de zéro, mais à l'intérieur du club il fait si chaud que tout le monde est en tee-shirt et que la moiteur est aussi épaisse qu'une coupe afro. Une fille n'arrête pas de te faire du rentre-dedans. Tu lui dis : *Pero mi amor, ya.* Et elle répond : *Ya* toi-même. Elle est dominicaine, souple comme une liane et super grande. Je ne sortirais jamais avec un mec aussi petit que toi, t'informe-t-elle très vite dans la conversation. Mais elle te donne son numéro à la fin de la soirée. Tout du long, Elvis reste assis au bar en silence, buvant shot après shot de Rémy. La semaine précédente, il est parti seul en République dominicaine, une mission de reconnaissance secrète. Il ne t'en a pas parlé avant son retour. Il a tenté de retrouver la mère et Elvis Jr mais ils avaient déménagé et personne ne savait où ils étaient. Aucun des numéros n'était plus valable. J'espère qu'on va les retrouver, il dit.

J'espère aussi.

Tu fais de longues promenades. Toutes les dix minutes tu t'allonges pour faire des flexions ou des pompes. Ça ne vaut pas la course à pied, mais ça fait monter ton rythme cardiaque, c'est mieux que rien. Après ça, tes nerfs te font si mal que tu peux à peine bouger.

Certaines nuits tu fais des rêves à la *Neuromancien* dans lesquels tu vois ton ex, le petit et une silhouette familière te

Guide amoureux de l'amant infidèle

faire signe au loin. *Et quelque part, tout près, le rire qui n'en était pas un.*

Finalement, quand tu te sens capable de le faire sans être réduit à l'état d'atomes en fission, tu ouvres un dossier que tu gardais caché sous ton lit. Le Livre du Jugement dernier. Une copie de tous les mails et de toutes les photos de tes tromperies, ceux que l'ex a trouvés, a compilés et t'a envoyés un mois après t'avoir quitté. *Cher Yunior, pour ton prochain livre.* Sans doute la dernière fois qu'elle a écrit ton nom.

Tu lis tout de la première à la dernière page (oui, elle l'a fait relier). Tu n'en reviens pas de constater à quel point tu n'es qu'une minable couille molle. Ça te coûte de l'admettre, mais c'est vrai. Tu es abasourdi par la profondeur de tes mensonges. Après avoir lu le livre une deuxième fois, tu énonces la vérité : Tu as pris la bonne décision, *negra.* Tu as pris la bonne décision.

Elle a raison ; ça ferait un bouquin du feu de dieu, dit Elvis. Un flic vous a fait signe de vous ranger sur le bas-côté et vous attendez que l'agent Tête-de-Nœud finisse de vérifier ton permis. Elvis montre une des photos.

Colombienne, tu dis.

Il siffle. *Que viva Colombia.* Il te rend le livre. Tu devrais vraiment écrire le guide amoureux de l'amant infidèle.

Tu crois ?

Oui.

Ça prend du temps. Tu revois la grande nana. Tu vas consulter d'autres médecins. Tu fêtes la soutenance de thèse d'Arlenny. Et puis, un soir de juin, tu griffonnes le nom de ton ex et : *La demi-vie de l'amour est éternelle.*

Tu couches par écrit d'autres petites choses. Puis tu vas te coucher.

Le lendemain, tu relis les nouvelles pages. Pour une fois tu n'as pas envie de les brûler ou d'abandonner définitivement l'écriture.

C'est un début, tu dis, seul dans la pièce.

Guide du loser amoureux

Et ça s'arrête là. Au cours des mois suivants tu te jettes à corps perdu dans le travail, parce qu'il est porteur d'espoir, et de grâce – et que tu sais au fond de ton cœur de menteur infidèle que, parfois, un début est ce qu'on peut espérer de mieux.

Table

Le soleil, la lune, les étoiles 11
Nilda 33
Alma 47
Otravida, otravez 53
Flaca 77
Le principe Pura 87
Invierno 111
Miss Lora 133
Guide amoureux de l'amant infidèle 153

Dans la même collection

Svetlana Alexievitch, *Ensorcelés par la mort*. Traduit du russe par Sophie Benech.

Vladimir Arsenijević, *À fond de cale*. Traduit du serbo-croate par Mireille Robin.

Trezza Azzopardi, *La Cachette*. Traduit de l'anglais par Edith Soonckindt.

Trezza Azzopardi, *Ne m'oubliez pas*. Traduit de l'anglais par Edith Soonckindt.

Kirsten Bakis, *Les Chiens-Monstres*. Traduit de l'anglais (États-Unis) par Marc Cholodenko.

Sebastian Barry, *Les Tribulations d'Eneas McNulty*. Traduit de l'anglais (Irlande) par Robert Davreu.

Saul Bellow, *En souvenir de moi*. Traduit de l'anglais (États-Unis) par Pierre Grandjouan.

Saul Bellow, *Tout compte fait. Du passé indistinct à l'avenir incertain*. Traduit de l'anglais (États-Unis) par Philippe Delamare.

Alessandro Boffa, *Tu es une bête, Viskovitz*. Traduit de l'italien par Nathalie Bauer.

Ioan Brady, *L'Enfant loué*. Traduit de l'anglais par Pierre Alien. Prix du Meilleur Livre Étranger 1995.

Joan Brady, *Peter Pan est mort*. Traduit de l'anglais par Marc Cholodenko.

Joan Brady, *L'Émigré*. Traduit de l'anglais par André Zavriew.

Peter Carey, *Jack Maggs*. Traduit de l'anglais (Australie) par André Zavriew.

Peter Carey, *Oscar et Lucinda*. Traduit de l'anglais (Australie) par Michel Courtois-Fourcy.

Peter Carey, *L'Inspectrice*. Traduit de l'anglais (Australie) par Marc Cholodenko.

Peter Carey, *Un écornifleur (Illywhacker)*. Traduit de l'anglais (Australie) par Jean Guiloineau.

191

Peter Carey, *La Vie singulière de Tristan Smith*. Traduit de l'anglais (Australie) par André Zavriew.

Peter Carey, *Ma vie d'imposteur*. Traduit de l'anglais (Australie) par Élisabeth Peellaert.

Peter Carey, *Véritable histoire du Gang Kelly*. Traduit de l'anglais (Australie) par Élisabeth Peellaert. Prix du Meilleur Livre Étranger 2003.

Sandra Cisneros, *Caramelo*. Traduit de l'anglais (États-Unis) par Rémy Lambrechts.

Martha Cooley, *L'Archiviste*. Traduit de l'anglais (États-Unis) par André Zavriew.

Fred D'Aguiar, *La Mémoire la plus longue*. Traduit de l'anglais (États-Unis) par Gilles Lergen.

Jonathan Dee, *Les Privilèges*. Traduit de l'anglais (États-Unis) par Élisabeth Peellaert.

Jonathan Dee, *La Fabrique des illusions*. Traduit de l'anglais (États-Unis) par Anouk Neuhoff.

Junot Díaz, *Comment sortir une Latina, une Black, une blonde ou une métisse*. Traduit de l'anglais (États-Unis) par Rémy Lambrechts.

Junot Díaz, *La Brève et Merveilleuse Vie d'Oscar Wao*. Traduit de l'anglais (États-Unis) par Laurence Viallet.

Edward Docx, *Le Calligraphe*. Traduit de l'anglais par Marie-Claire Pasquier.

Albert Drach, *Voyage non sentimental*. Traduit de l'allemand par Colette Kowalski.

Stanley Elkin, *Le Royaume enchanté*. Traduit de l'anglais (États-Unis) par Claire Maniez et Marc Chénetier.

Nathan Englander, *Pour soulager d'irrésistibles appétits*. Traduit de l'anglais (États-Unis) par Élisabeth Peellaert.

Nathan Englander, *Le Ministère des Affaires spéciales*. Traduit de l'anglais (États-Unis) par Élisabeth Peellaert.

Nathan Englander, *Parlez-moi d'Anne Frank*. Traduit de l'anglais (États-Unis) par Élisabeth Peellaert.

Jeffrey Eugenides, *Les Vierges suicidées*. Traduit de l'anglais (États-Unis) par Marc Cholodenko.

Kitty Fitzgerald, *Le Palais des cochons*. Traduit de l'anglais par Bernard Hœpffner.

Susan Fletcher, *Avis de tempête*. Traduit de l'anglais par Marie-Claire Pasquier.

Susan Fletcher, *La Fille de l'Irlandais*. Traduit de l'anglais par Marie-Claire Pasquier.

Susan Fletcher, *Un bûcher sous la neige*. Traduit de l'anglais par Suzanne Mayoux.

Susan Fletcher, *Les Reflets d'argent*. Traduit de l'anglais par Stéphane Roques.

Dario Fo, *Le Pays des Mezaràt*. Traduit de l'italien par Nathalie Bauer.

Erik Fosnes Hansen, *Cantique pour la fin du voyage*. Traduit du norvégien par Alain Gnaedig.

Erik Fosnes Hansen, *La Tour des faucons*. Traduit du norvégien par Johannes Kreisler.

Erik Fosnes Hansen, *Les Anges protecteurs*. Traduit du norvégien par Lena Grumbach et Hélène Hervieu.

William Gaddis, *JR*. Traduit de l'anglais (États-Unis) par Marc Cholodenko.

William Gaddis, *Le Dernier Acte*. Traduit de l'anglais (États-Unis) par Marc Cholodenko.

William Gaddis, *Agonie d'agapè*. Traduit de l'anglais par Claro.

Eduardo Galeano, *Mémoire du feu*, tome I, *Les Naissances*. Traduit de l'espagnol par Claude Couffon.

Eduardo Galeano, *Mémoire du feu*, tome II, *Les Visages et les Masques*. Traduit de l'espagnol par Véra Binard.

Eduardo Galeano, *Mémoire du feu*, tome III, *Le Siècle du vent*. Traduit de l'espagnol par Véra Binard.

Petina Gappah, *Les Racines déchirées*. Traduit de l'anglais par Anouk Neuhoff.

Natalia Ginzburg, *Nos années d'hier*. Traduit de l'italien par Adrienne Verdière Le Peletier. Nouvelle édition établie par Nathalie Bauer.

Paul Golding, *L'Abomination*. Traduit de l'anglais par Robert Davreu.

Nadine Gordimer, *Le Safari de votre vie*. Nouvelles traduites de l'anglais par Pierre Boyer, Julie Damour, Gabrielle Rolin, Antoinette Roubichou-Stretz et Claude Wauthier.

Nadine Gordimer, *Feu le monde bourgeois*. Traduit de l'anglais par Pierre Boyer.

Nadine Gordimer, *Personne pour m'accompagner*. Traduit de l'anglais par Pierre Boyer.

Nadine Gordimer, *L'Écriture et l'Existence*. Traduit de l'anglais par Claude Wauthier.

Nadine Gordimer, *L'Arme domestique*. Traduit de l'anglais par Claude Wauthier et Fabienne Teisseire.

Nadine Gordimer, *Vivre dans l'espoir et dans l'Histoire*. Traduit de l'anglais par Claude Wauthier et Fabienne Teisseire.

Nadine Gordimer, *La Voix douce du serpent*. Traduit de l'anglais par Pierre Boyer, Julie Damour, Dominique Dussidour, Claude Wauthier.

Nadine Gordimer, *Le Magicien africain*. Traduit de l'anglais par Pierre Boyer, Julie Damour, Fabienne Teisseire et Claude Wauthier.

Lauren Groff, *Les Monstres de Templeton*. Traduit de l'anglais (États-Unis) par Carine Chichereau.

Lauren Groff, *Fugues*. Traduit de l'anglais (États-Unis) par Carine Chichereau.

Lauren Groff, *Arcadia*. Traduit de l'anglais (États-Unis) par Carine Chichereau.

Nikolai Grozni, *Wunderkind*. Traduit de l'anglais par France Camus-Pichon.

Arnon Grunberg, *Douleur fantôme*. Traduit du néerlandais par Olivier Van Wersch-Cot.

Arnon Grunberg, *Lundis bleus*. Traduit du néerlandais par Tina Hegeman.

Allan Gurganus, *Bénie soit l'assurance*. Traduit de l'anglais (États-Unis) par Simone Manceau.

Allan Gurganus, *Et nous sommes à Lui*. Traduit de l'anglais (États-Unis) par Élisabeth Peellaert.

Allan Gurganus, *Lucy Marsden raconte tout*. Traduit de l'anglais (États-Unis) par Élisabeth Peellaert.

Allan Gurganus, *Les Blancs*. Traduit de l'anglais (États-Unis) par Simone Manceau et Élisabeth Peellaert.

Oscar Hijuelos, *Les Mambo Kings*. Traduit de l'anglais (États-Unis) par Pierre Alien et Jean Clem.

Nick Hornby, *Slam*. Traduit de l'anglais par Francis Kerline.

Nick Hornby, *À propos d'un gamin*. Traduit de l'anglais par Christophe Mercier.

Nick Hornby, *Carton jaune*. Traduit de l'anglais par Gabrielle Rolin.

Nick Hornby, *Conversations avec l'ange*. Traduit de l'anglais par Marie-Claire Pasquier.

Nick Hornby, *Haute Fidélité*. Traduit de l'anglais par Gilles Lergen.

Nick Hornby, *La Bonté : mode d'emploi*. Traduit de l'anglais par Isabelle Chapman.

Nick Hornby, *Vous descendez ?* Traduit de l'anglais par Nicolas Richard.

Aldous Huxley, *Le Meilleur des mondes*. Traduit de l'anglais par Jules Castier.

Aldous Huxley, *Temps futurs*. Traduit de l'anglais par Jules Castier et révisé par Hélène Cohen.

Neil Jordan, *Lignes de fond*. Traduit de l'anglais (Irlande) par Gabrielle Rolin.

Nicholas Jose, *Pour l'amour d'une rose noire*. Traduit de l'anglais par Anne Rabinovitch.

Ken Kalfus, *Un désordre américain*. Traduit de l'anglais (États-Unis) par Marie-Hélène Dumas.

Ryszard Kapuściński, *Autoportrait d'un reporter*. Traduit du polonais par Véronique Patte.

Ryszard Kapuściński, *Cet Autre*. Traduit du polonais par Véronique Patte.

Ryszard Kapuściński, *Ébène*. Traduit du polonais par Véronique Patte.

Ryszard Kapuściński, *Imperium*. Traduit du polonais par Véronique Patte.

Ryszard Kapuściński, *La Guerre du foot*. Traduit du polonais par Véronique Patte.

Ryszard Kapuściński, *Mes voyages avec Hérodote*. Traduit du polonais par Véronique Patte.

Ryszard Kapuściński, *Le Christ à la carabine*. Traduit du polonais par Véronique Patte.

Francesca Kay, *Saison de lumière*. Traduit de l'anglais par Laurence Viallet.

Francesca Kay, *Le Temps de la Passion*. Traduit de l'anglais par Carine Chichereau.

Wolfgang Koeppen, *Pages du journal de Jacob Littner écrites dans un souterrain*. Traduit de l'allemand par André Maugé.

Jerzy Kosinski, *L'Ermite de la 69e Rue*. Traduit de l'anglais (États-Unis) par Fortunato Israël.

Hari Kunzru, *Mes révolutions*. Traduit de l'anglais par Marie-Hélène Dumas.

Harriet Lane, *Le Beau Monde*. Traduit de l'anglais par Amélie de Maupeou.

Barry Lopez, *Les Dunes de Sonora*. Traduit de l'anglais (États-Unis) par Suzanne V. Mayoux.

James Lord, *Cinq Femmes exceptionnelles* Traduit de l'anglais (États-Unis) par Pierre Leyris et Edmonde Blanc.

Patrick McCabe, *Le Garçon boucher*. Traduit de l'anglais (Irlande) par Edith Soonckindt.

Norman Mailer, *L'Amérique*. Traduit de l'anglais (États-Unis) par Anne Rabinovitch.

Norman Mailer, *L'Évangile selon le fils*. Traduit de l'anglais (États-Unis) par Rémy Lambrechts.

Norman Mailer, *Oswald. Un mystère américain*. Traduit de l'anglais (États-Unis) par Pierre Grandjouan.

Norman Mailer, *Un château en forêt*. Traduit de l'anglais (États-Unis) par Gérard Meudal.

Salvatore Mannuzzu, *La Procédure*. Traduit de l'italien par André Maugé.

Salvatore Mannuzzu, *La Fille perdue*. Traduit de l'italien par Nathalie Bauer.

Valerie Martin, *Mary Reilly*. Traduit de l'anglais (États-Unis) par Annie Saumont.

Daniel Mason, *Un lointain pays*. Traduit de l'anglais (États-Unis) par Isabelle Chapman.

Paolo Maurensig, *Le Violoniste*. Traduit de l'italien par Nathalie Bauer.

Piero Meldini, *L'Antidote de la mélancolie*. Traduit de l'italien par François Maspero.

Lisa Moore, *Février*. Traduit de l'anglais (Canada) par Carole Hanna.

Jess Mowry, *Hypercool*. Traduit de l'anglais (États-Unis) par Pierre Alien.

Péter Nádas, *Amour*. Traduit du hongrois par Georges Kassai et Gilles Bellamy.

Péter Nádas, *La Fin d'un roman de famille*. Traduit du hongrois par Georges Kassai.

Péter Nádas, *Le Livre des mémoires*. Traduit du hongrois par Georges Kassai. Prix du Meilleur Livre Étranger 1999.

Péter Nádas, *Minotaure*. Traduit du hongrois par Georges Kassai et Gilles Bellamy.

Péter Nádas, *Histoires parallèles*. Traduit du hongrois par Marc Martin (avec la collaboration de Sophie Aude).

V. S. Naipaul, *L'Inde. Un million de révoltes*. Traduit de l'anglais par Béatrice Vierne.

V. S. Naipaul, *La Traversée du milieu*. Traduit de l'anglais par Marc Cholodenko.

V. S. Naipaul, *Un chemin dans le monde*. Traduit de l'anglais par Suzanne V. Mayoux.

V. S. Naipaul, *La Perte de l'Eldorado*. Traduit de l'anglais par Philippe Delamare.

V. S. Naipaul, *Jusqu'au bout de la foi. Excursions islamiques chez les peuples convertis*. Traduit de l'anglais par Philippe Delamare.

V. S. Naipaul, *La Moitié d'une vie*. Traduit de l'anglais par Suzanne V. Mayoux.

V. S. Naipaul, *Semences magiques*. Traduit de l'anglais par Suzanne V. Mayoux.

Tim O'Brien, *À la poursuite de Cacciato*. Traduit de l'anglais (États-Unis) par Yvon Bouin.

Tim O'Brien, *À propos de courage*. Traduit de l'anglais (États-Unis) par Jean-Yves Prate. Prix du Meilleur Livre Étranger 1993.

Tim O'Brien, *Au lac des Bois*. Traduit de l'anglais (États-Unis) par Rémy Lambrechts.

Tim O'Brien, *Matou amoureux*. Traduit de l'anglais (États-Unis) par Rémy Lambrechts.

Jayne Anne Phillips, *Camp d'été*. Traduit de l'anglais (États-Unis) par André Zavriew.

David Plante, *American stranger*. Traduit de l'anglais par Laurence Viallet.

Salman Rushdie, *Est, Ouest*. Traduit de l'anglais par François et Danielle Marais.

Salman Rushdie, *Franchissez la ligne…* Traduit de l'anglais par Philippe Delamare.

Salman Rushdie, *Furie*. Traduit de l'anglais par Claro.

Salman Rushdie, *Haroun et la mer des histoires*. Traduit de l'anglais par Jean-Michel Desbuis.

Salman Rushdie, *La Honte*. Traduit de l'anglais par Jean Guiloineau.

Salman Rushdie, *La Terre sous ses pieds*. Traduit de l'anglais par Danielle Marais.

Salman Rushdie, *Le Dernier Soupir du Maure*. Traduit de l'anglais par Danielle Marais.

Salman Rushdie, *L'Enchanteresse de Florence*. Traduit de l'anglais par Gérard Meudal.

Salman Rushdie, *Le Sourire du jaguar*. Traduit de l'anglais par Anne Rabinovitch.

Salman Rushdie, *Les Enfants de minuit*. Traduit de l'anglais par Jean Guiloineau.

Salman Rushdie, *Les Versets sataniques*. Traduit de l'anglais par A. Nasier.
Salman Rushdie, *Shalimar le clown*. Traduit de l'anglais par Claro.
Salman Rushdie, *Luka et le Feu de la Vie*. Traduit de l'anglais par Gérard Meudal.
Salman Rushdie, *Joseph Anton*. Traduit de l'anglais par Gérard Meudal.
Paul Sayer, *Le Confort de la folie*. Traduit de l'anglais par Bernard Hœpffner.
Francesca Segal, *Les Innocents*. Traduit de l'anglais par Christine Rimoldy.
Maria Semple, *Bernadette a disparu*. Traduit de l'anglais (États-Unis) par Carine Chichereau.
Diane Setterfield, *Le Treizième Conte*. Traduit de l'anglais par Claude et Jean Demanuelli.
Donna Tartt, *Le Maître des illusions*. Traduit de l'anglais (États-Unis) par Pierre Alien.
Donna Tartt, *Le Petit Copain*. Traduit de l'anglais (États-Unis) par Anne Rabinovitch.
Marcel Theroux, *Au nord du monde*. Traduit de l'anglais par Stéphane Roques.
Marcel Theroux, *Jeu de pistes*. Traduit de l'anglais par Stéphane Roques.
Mario Tobino, *Trois Amis*. Traduit de l'italien par Patrick Vighetti.
Pramoedya Ananta Toer, *Le Fugitif*. Traduit de l'indonésien par François-René Daillie.
Hasan Ali Toptaş, *Les Ombres disparues*. Traduit du turc par Noémi Cingöz.
Rose Tremain, *Les Ténèbres de Wallis Simpson*. Traduit de l'anglais par Claude et Jean Demanuelli.
Rose Tremain, *Retour au pays*. Traduit de l'anglais par Claude et Jean Demanuelli.
Joanna Trollope, *Les Vendredis d'Eleanor*. Traduit de l'anglais par Isabelle Chapman.
Joanna Trollope, *La Deuxième Lune de miel*. Traduit de l'anglais par Isabelle Chapman.
Dubravka Ugrešić, *L'Offensive du roman-fleuve*. Traduit du serbo-croate par Mireille Robin.
Dubravka Ugrešič, *Dans la gueule de la vie*. Traduit du serbo-croate par Mireille Robin.
Sandro Veronesi, *La Force du passé*. Traduit de l'italien par Nathalie Bauer.
Serena Vitale, *Le Bouton de Pouchkine*. Traduit de l'italien par Jacques Michaut-Paternò. Prix du Meilleur Livre Étranger 1998.
Edith Wharton, *Les Boucanières*. Traduit de l'anglais (États-Unis) par Gabrielle Rolin.
Edmund White, *City Boy*. Traduit de l'anglais (États-Unis) par Philippe Delamare.
Edmund White, *Écorché vif*. Traduit de l'anglais (États-Unis) par Élisabeth Peellaert et Marc Cholodenko.
Edmund White, *Fanny*. Traduit de l'anglais (États-Unis) par Anne Rabinovitch.

Edmund White, *La Bibliothèque qui brûle*. Traduit de l'anglais (États-Unis) par Philippe Delamare.

Edmund White, *La Symphonie des adieux*. Traduit de l'anglais (États-Unis) par Marc Cholodenko.

Edmund White, *L'Homme marié*. Traduit de l'anglais (États-Unis) par Anne Rabinovitch.

Edmund White, *Mes vies* Traduit de l'anglais (États-Unis) par Philippe Delamare.

Edmund White, *Hotel de Dream*. Traduit de l'anglais (États-Unis) par André Zavriew.

David Whitehouse, *Couché*. Traduit de l'anglais par Olivier Deparis.

Jeanette Winterson, *Écrit sur le corps*. Traduit de l'anglais par Suzanne Mayoux.

Jeanette Winterson, *Le Sexe des cerises*. Traduit de l'anglais par Isabelle Delors-Philippe.

Jeanette Winterson, *Art et Mensonges*. Traduit de l'anglais par Isabelle Delors-Philippe.

Tobias Wolff, *Un mauvais sujet*. Traduit de l'anglais (États-Unis) par Anouk Neuhoff.

Tobias Wolff, *Dans l'armée de Pharaon*. Traduit de l'anglais (États-Unis) par Rémy Lambrechts.

Tobias Wolff, *Portrait de classe*. Traduit de l'anglais (États-Unis) par Élisabeth Peellaert.

Tobias Wolff, *Retour au monde*. Traduit de l'anglais (États-Unis) par Rémy Lambrechts.

Pedro Zarraluki, *Un été à Cabrera*. Traduit de l'espagnol par Laurence Villaume.

*Cet ouvrage a été composé
par CPI Firmin Didot à Mesnil-sur-l'Estrée*

Cet ouvrage a été imprimé en France
par CPI Bussière
à Saint-Amand-Montrond (Cher)
en juin 2013

N° d'édition : 14929. – N° d'impression : 2003144.
Dépôt légal : août 2013.